SELLNER · LATEIN IM ALLTAG

ALFRED SELLNER

LATEIN IM ALLTAG

Alphabetisch geordnetes Nachschlagewerk
von lateinischen Sentenzen, Sprichwörtern, Phrasen,
Redewendungen, Zitaten und Formeln sowie deren
Abkürzungen mit rund 850 Stichwörtern aus allen
Lebensbereichen

Ergänzte und erweiterte Ausgabe

VMA-VERLAG
WIESBADEN

Die Blindenschrift-Ausgabe dieses
Buches erscheint bei der Deutschen
Blindenstudienanstalt e. V. Marburg/Lahn

VMA-Verlag
Wiesbaden

Lizenzausgabe mit freundlicher Genehmigung des
Originalverlages

Druck und Bindung: GGP Media, Pößneck
ISBN 3-928127-11-X

ZU DIESEM BUCH

Diese kleine Sammlung lateinischer Sprichwörter, Sentenzen, Redewendungen, Phrasen und Formeln geht von zwei Überzeugungen aus.
Erstens vertritt der Verfasser die Meinung, daß Latein keine tote Sprache ist, sondern in der internationalen Gebildetenschicht – und sogar darüber hinaus! – lebendig blieb. Zweitens, daß dieses Latein nach einer Zeit sinkenden Ansehens wieder gewinnen und stark in den Vordergrund rücken wird. Mitten im Zeitalter der Computer, der neuen Mengenlehre, der Kybernetik, der weiter und weiter vordringenden Naturwissenschaften und Technik wird das Bedürfnis nach einer wirklichen Sprache immer dringender werden; einer Sprache, die sowohl treffsicher im Ausdruck als auch seelenvoll menschlich im Gehalt sein muß.
Und genau das ist Latein: ist es doch die Grundsprache aller romanisch sprechenden und denkenden Völker,

die zugleich auch den germanischen Sprachen zum Erwachsensein verholfen hat. Diesen Dienst sollte das Latein in naher Zukunft im Rahmen einer planetarischen Kultur erneut leisten können.
Aus der Erfahrung, daß uns im täglichen Leben – in der Presse, in politischen Reden und Debatten, in Rundfunk und Fernsehen, in Werbeslogans, in Zeitschriften und Büchern, im Rechtswesen, in Literatur und Medizin u.v.a.m. – immer wieder lateinische Ausdrücke unterkommen, deren präzise Bedeutung oftmals nicht oder nur unzureichend geläufig ist, hat der Verfasser dieses Nachschlagewerk geschaffen.
Es ist eine bekannte Tatsache, daß Journalisten und einstige Lateinschüler bei Reden oder Aufsätzen gerne ein schmückendes Federchen in Form eines lateinischen Zitats präsentieren. Aber nicht immer gelingt das zur Zufriedenheit, und darum soll mit diesem Werk allen, die sich berufsmäßig oder aus Liebhaberei lateinischer Wendungen bedienen, Gelegenheit geboten werden, nachzuschlagen, um zu größerer Treffsicherheit im Ausdruck, zu elegantem Stil und zum zuverlässigen Gebrauch dessen, was sie zitieren, zu gelangen.
Mit diesem Kompendium wird freilich nur ein Hilfsbuch geboten, damit über die Stunde einer geringeren Wertschätzung hinaus erhalten bleibe, was Menschheitserbe ist. Wir werden es brauchen und weiterzugeben haben.
Diese Ausgabe beruht teilweise auf älteren, ähnlichen Veröffentlichungen, die manchmal überholt empfunden werden, teilweise auf längerer Sammeltätigkeit.
Verlag und Verfasser danken an dieser Stelle Herrn Oberstudienrat Pokorny für seine Ergänzungsvorschläge in philologischer Hinsicht und die aufmerksame Durchsicht des Textes.

AB IGNE IGNEM
Wörtlich: vom Feuer Feuer. Eine Wendung nach dem römischen Schriftsteller Cicero (106 bis 43 v. Chr.), die sich auf allgemeine kleine Gefälligkeiten bezieht; das heißt, daß man mit Selbstverständlichkeit von dem, was man hat, etwas ab- oder weitergibt – also beispielsweise »Feuer vom Feuer«, wenn unter Rauchern zitiert.

AB INITIO
Vom Anfang an.

AB IOVE PRINCIPIUM
Bei Jupiter ist der Anfang. Jupiter ist der römische Göttervater, von ihm hat alles seinen Ursprung. Die Redewendung geht zurück auf den römischen Dichter Vergil (70 v. Chr. bis 19 v. Chr.) bzw. auf den Anfang der »Phänomena« des Aratus in der Übersetzung des Germanicus, wo es heißt: »Von Jupiter anfangend, singet ihr Musen ...« (Vers 1). Man vergleiche hierzu das im Deutschen gebräuchliche: Mit Gott fang' an.

ABLATIVUS ABSOLUTUS
Ausdruck der lateinischen Grammatik, der eine Mittelwortkonstruktion mit dem Ablativus (5. Fall) bezeichnet. Zum Beispiel: »Pugna ad lacum Trasimenum finita Hannibal cadavera suorum sepeliri iussit« = Als die Schlacht am Trasimenischen See beendet war, befahl Hannibal, die Leichen der Seinen zu begraben. Der Ablativus absolutus ist hier »Pugna finita« – als die Schlacht beendet war.

AB OVO
Nach Homer: vom Ursprung an; gemeint ist das Ei der aetolischen Königstochter Leda, die von Zeus in Gestalt eines Schwans besucht wurde, woraus die

Schöne Helena hervorging. Der Ausdruck findet sich auch in der »Ars poetica« des römischen Dichters Horaz (65 bis 8 v. Chr.) in der Bedeutung: vom (entlegenen) Anfang an.

AB OVO USQUE AD MALA

Vom Ei bis zu den Äpfeln, d. h. nach der Reihenfolge einer römischen Mahlzeit. Auch im Sinne: vom Anfang bis zum Ende, weit ausholend. Die Sentenz stammt aus den »Satiren« des römischen Dichters Horaz (65 bis 8 v. Chr.).

ABSIT OMEN

Möge eine schlechte Vorbedeutung fern sein; möge dies keine schlechte Vorbedeutung haben.

AB URBE CONDITA

Von der Gründung der Stadt (Rom) an (gerechnet). Der Sage nach wurde Rom 753 v. Chr. durch die Brüder Romulus und Remus gegründet. Gleichzeitig Titel des Geschichtswerkes des Livius (59 v. bis 17 n. Chr.).

ABUSUS NON TOLLIT USUM

Wörtlich: Mißbrauch hebt den Brauch nicht auf. Kann auch in etwa der deutschen Redensart: Die Ausnahme bestätigt die Regel gleichgehalten werden.

A. C.

siehe bei: anni currentis, und bei: a conditione.

ACCEDO

Abgekürzt: Acc. bedeutet: ich nehme an, ich stimme zu.

A. C. I.

ist der Accusativus cum infinitivo, also der 4. Fall + Nennform, wie ihn die lateinische Satzkonstruktion kennt; ein Beispiel: Ceterum censeo Carthagin*em* delend*am esse*. Der A. C. I. wird im allgemeinen für Behauptungs- und Erzählsätze verwendet.

A. C. N.

siehe bei: ante Christum natum.

A CONDITIONE

Unter Bedingung, bedingungsweise. Fachausdruck besonders im Buchhandel: die Lieferung des Verlages an den Sortimenter erfolgt »a. c.«, a conditione, also bedingungsweise; wenn bis zu einem bestimmten Zeitpunkt die Ware nicht verkauft ist, kann sie – wenn unbeschädigt – an den Verleger zurückgegeben werden.

ACTA APOSTOLORUM

Wörtlich: Handlungen oder Taten der Apostel; gemeint ist die in den Kanon der Schriften des Neuen Testaments aufgenommene Apostelgeschichte (abgekürzt: Apg).

ACTA SANCTORUM

Wörtlich: Handlung oder Taten der Heiligen; gemeint ist eine Sammlung von Berichten und Legenden über christliche Heilige.

ACTUM UT SUPRA

Geschehen wie oben (geschrieben); wird als Schlußformel in Protokollen verwendet.

ACTUS FIDEI

Wörtlich: Glaubensakt, Handlung des Glaubens. Später im Portugiesischen (span.: Auto de fe) zu »Auto da Fé« geworden, womit in Spanien und Portugal bis ins 18. Jahrhundert die von der Inquisition angeordnete Verbrennung von Ketzern – oder deren Schriften – bezeichnet wurde.

ACTUS PURUS

Wörtlich: reines Wirken. Ein philosophisch-theologischer Begriff, den im Hochmittelalter die Scholastik, bes. Thomas von Aquin verwendet, der auf Aristoteles, den altgriechischen Philosophen zurückgeht. Mit diesem Begriff soll Gott bestimmt werden, der alles, was er sein kann, auch wirklich ist.

A. D.

siehe bei: anno domini.

AD ABSURDUM

Wörtlich: ins Unmögliche, bis zum Widersinn. Bedeutet: einen Gedanken so lange logisch weiterentwickeln, bis sich Widersprüchlichkeit erweist.

AD ACTA

Wörtlich: zu den Akten; ablegen, weglegen, nicht weiterbehandeln.

AD ARBITRIUM

Nach Willkür, willkürlich (arbiter = Schiedsrichter).

AD ARMA

Wörtlich: zu den Waffen; gebräuchlich im Sinne von: ans Werk, oder gehen wir (an eine Sache heran). Ad arma wurde schließlich zu: Alarm.

AD AUDIENDUM VERBUM

Zur mündlichen Berichterstattung.

AD EXPERIMENTUM

Versuchsweise, vorläufig.

AD CALENDAS GRAECAS

Wörtlich: an den griechischen Kalenden. Im römischen Kalender war »calendae«, der erste Tag jedes Monats, als Zahlungstermin gebräuchlich. Die Griechen hatten keine solchen »calendae«. Kaiser Augustus soll von säumigen Schuldnern gesagt haben, sie würden an den griechischen Kalenden zahlen, d. h., da solche überhaupt nicht existieren, würden sie nie zahlen. Gebräuchlich auch im Zusammenhang: etwas ad calendas aufschieben, d. h. nie erledigen.

AD DELIBERANDUM

Zur Überlegung.

AD HOC

Eigens zu diesem; zu diesem Zweck. Wird oftmals ungenau verwendet, und zwar im Sinne von: aus dem Stegreif, plötzlich.

AD (IN) INFINITUM

Bis ins Unbegrenzte, bis ins Unendliche.

AD INTERIM

Einstweilen, in der Zwischenzeit.

AD LATUS

Wörtlich: zur Seite; später wird daraus das Hauptwort »Adlatus«, womit ein Helfer, Beisitzer, Handlanger oder Diener bezeichnet wird.

AD LIBITUM

Nach Belieben.

AD LITTERAM

Wörtlich: gemäß dem Buchstaben. Ad litteram zitieren, heißt einen Text genau nach dem Wortlaut, also buchstäblich wiedergeben.

AD MAIOREM DEI GLORIAM

Wörtlich: zur größeren Ehre Gottes. Auch in der Abkürzung: A.M.D.G. gebräuchlich. Dürfte erstmals von Papst Gregor dem Großen (540 bis 604) verwendet worden sein. Rund tausend Jahre später wird diese Phrase im Konzil von Trient (1545 bis 1563) aufgegriffen und verwendet. Zur Devise des Jesuitenordens geworden.

AD MANUS (PROPRIAS)

Zur Hand, zu eigenen Händen (zugestellt).

AD MULTOS ANNOS

Wörtlich: auf viele Jahre. Wird gebraucht als Formel bei Geburtstagswünschen.

AD NOTAM

Ad notam nehmen heißt: notieren, vormerken, zur Kenntnis nehmen.

AD OCULOS

demonstrieren heißt wörtlich: vor Augen führen; soviel wie: deutlich machen, im Sinne von: unwiderleglicher Anschauungsunterricht.

AD PERPETUAM MEMORIAM

Zum ewigen Gedenken, zum immerwährenden Andenken.

AD PIAS CAUSAS

Zu frommen Zwecken; damit werden Widmungen oder Stiftungen an die Kirche oder kirchliche Institute bezeichnet.

AD REFERENDUM

Zur Berichterstattung.

AD REM

Wörtlich: zur Sache. So viel wie: nicht herumreden, sondern gleich direkt auf eine Sache eingehen.

AD (IN) USUM DELPHINI

Wörtlich: zum Gebrauch für den Dauphin. Sinngemäß: gekürzt, zensiert. Der Titel »Dauphin«, lat. delphinus, war ursprünglich Beiname des kinderlosen Humbert II., von dem Philipp VI. 1349 die »Dauphiné« erwarb und dieses Land dem jeweiligen französischen Thronfolger als Lehen bestimmte. So bezeichnete »Dauphin« in der Folge jeden französischen Kronprinzen. Bei dessen Erziehung wurden sämtliche als anstößig empfundenen Stellen aus Texten, die im Unterricht gebraucht wurden, weggestrichen. In derselben Weise verfuhr man später bei sogenannten Schultexten. Darüber hinaus werden mit der Wendung ad usum delphini alle »gereinigten« Texte bezeichnet, die man in ihrem vollen Wortlaut Schülern oder einer breiten Öffentlichkeit vorenthalten will.

AD USUM PROPRIUM

Zum eigenen Gebrauch, für den eigenen Gebrauch.

AD VALOREM

Dem Werte nach.

ADVOCATUS DEI

Wörtlich: der Anwalt Gottes = der die Anerkennung Betreibende im Heilig- oder Seligsprechungsprozeß der katholischen Kirche.

ADVOCATUS DIABOLI

Wörtlich: der Anwalt des Teufels. Diese Bezeichnung entstammt dem Vokabular der Selig- und Heiligsprechungen innerhalb der katholischen Kirche. Derjenige, der im Heiligsprechungsprozeß Bedenken gegen die Person des in Aussicht genommenen Heiligen vorzubringen hat. Im weiteren Sinne versteht man darunter auch jemanden, der sich ohne innere Beteiligung zum Anwalt einer üblen Sache macht.

A. E. I. O. U.

siehe bei: Austriae est imperare orbi universo.

ALEA IACTA EST

Wörtlich: der Würfel ist gefallen, Cäsar hat sich erst nach längerem Bedenken entschlossen, den kleinen Apenninenfluß Rubikon, den einstigen Grenzfluß zwischen dem eigentlichen Italien und Gallia Cisalpina, zu überschreiten, da er damit im Jahre 49 v. Chr. den Bürgerkrieg hervorrief. Bei dieser Gelegenheit soll er laut dem griechischen Historiker Plutarch (um 40 bis 120 n. Chr.) diesen Ausspruch getan haben. Wird häufig gebraucht im Zusammenhang mit Handlungen, die folgenschwere Entscheidungen bedeuten, welche nicht mehr zurückgenommen werden können.

ALIAS

Außerdem, sonst, im übrigen; gebräuchlich, wenn

neben dem eigentlichen Namen einer Person auch noch ein Beiname für diese üblich ist.

ALIBI

Wörtlich: anderswo. Wird von einem Alibinachweis gesprochen, so handelt es sich darum, daß ein Beschuldigter für den Zeitpunkt der Verübung eines Verbrechens nachweisen muß, daß er sich an einem anderen Ort befunden hat und daher als Täter nicht in Frage kommt.

ALIENI IURIS

Wörtlich: fremden Rechtes; unter der Rechtsgewalt von jemand anderem stehen, unmündig sein; unselbständig.

A LIMINE

Ab der Grenze, von vornherein; gebräuchlich in der Redewendung: etwas a limine abweisen; man meint damit, etwas von vornherein abweisen, ohne sich auf die Sache selbst einzulassen.

ALIQUID HAERET

Wörtlich: etwas bleibt hängen; Schlußteil der Sentenz: Audacter calumniare, semper aliquid haeret – Nur keck verleumdet, etwas bleibt immer hängen. Das Wort ist schon bei Francis Bacon, 1605, als Zitat belegt.

ALMA MATER

Wörtlich: die nährende Mutter. Die ehrende Bezeichnung von Universitäten und Hochschulen, gebräuchlich jeweils im Zusammenhang mit dem betreffenden Ortsnamen, zum Beispiel: Alma Mater Vindobonensis.

ALTER EGO

Wörtlich: das andere Ich. Mit diesem Wort wird von dem stoischen Philosophen Zeno (342 bis 270 v. Chr.) das Wesen des Freundes bestimmt.

ALTUM SILENTIUM

Wörtlich: tiefes Schweigen, große Stille. Eine Redewendung aus dem berühmten Vergilschen Epos »Äneis«.

A. M.

Abkürzung für: Artium (liberalium) magister, d.h. Meister der (freien bzw. schönen) Künste, akademischer Grad entsprechend dem mittelalterlichen Hochschulbetrieb, heute meist als M. A.

AMA ET FAC QUOD VIS

Wörtlich: Liebe, und tu, was du willst; ein Ausspruch des heiligen Augustinus (Kirchenlehrer, 354 bis 430).

A MAIORI AD MINUS

Vom Größeren aufs Kleinere; schon in der lateinischen Umgangssprache sprichwörtlich.

AMANTES AMENTES

Wörtlich: die verrückten Liebenden. In der Bedeutung von verrückt-verliebt, vor Liebe von Sinnen. Die Redewendung kommt vor bei dem römischen Dichter Terenz (gestorben 159 v. Chr.).

AMICUS CERTUS IN RE INCERTA CERNITUR

Der sichere Freund wird in unsicherer Sache erkannt. Ein Wort des Ennius (gest. 169 v. Chr.), zitiert im »Laelius« des Cicero.

AMOR VINCIT OMNIA

siehe bei: Omnia vincit amor.

ANATHEMA SIT

Wörtlich: er sei verflucht. Satz aus dem 1. Korintherbrief des heiligen Paulus, Kapitel 16, Vers 22. »Anathema« ist eigentlich ein griechisches Wort.

ANGELUS

Der Engel (des Herrn); gemeint ist der Englische Gruß, ein Gebet der Marienverehrung, in der katholischen Kirche zu bestimmten Tageszeiten gebräuchlich. Daher auch die Bezeichnung »Angelus-Läuten«.

ANGELUS SILESIUS

Der schlesische Bote; Dichtername des Mystikers Johann Scheffler (1624 bis 1677) Verfasser von »Der Cherubinische Wandersmann« und zahlreicher Kirchenlieder.

ANIMA CANDIDA

Eine reine Seele, ein lauteres Gemüt.

ANIMA NATURALITER CHRISTIANA

Wörtlich: die Seele (ist) von Natur aus (eine) christliche. Eine von dem römisch-christlichen Denker Tertullian (um 160 bis 220) geprägte Formel in der Bedeutung: auch ohne Taufe ist die Hinordnung des Menschen auf die geistige Wahrheit und Gnade vorhanden. Ein für die katholische Dogmatik praktisch verbindlicher Grundgedanke.

ANNI CURRENTIS

Im laufenden Jahr.

ANNI FUTURI

Kommenden Jahres, im nächsten Jahr.

ANNI PRAETERITI

Im vergangenen Jahr.

ANNO SALUTIS

Im Jahre des Heils.

ANNO DOMINI

Im Jahre des Herrn, zum Beispiel: A.D. MCMLXX (1970).

ANNUS DISCRETIONIS

Jahr der Mündigkeit.

ANNUS GRATIAE

Gnadenjahr.

ANTE CHRISTUM NATUM

Vor Christi Geburt.

ANTE DIEM
Vor einem (bestimmten) Tag: auch: bei Tagesanbruch.
ANTE MERIDIEM
Wörtlich: vor dem Mittag, das ist: vormittags; abgekürzt mit A.M.
ANULUS PISCATORIS
Wörtlich: Fischerring; gemeint ist der Ring des Papstes nach dem Schriftwort: »Von nun an wirst du Menschenfischer sein ...«.
A.P.
siehe bei: anni praeteriti.
APAGE, SATANA!
Wörtlich: Weiche, Satan! Fort von mir, Satan! Heb dich weg, Satan! Nach dem Evangelium des Matthäus (4, 10) oder auch des Lukas (4, 8). Diese Wendung ist eigentlich griechisch.
A POSTERIORI
Wörtlich: im nachhinein; hinterher; aus der Erfahrung stammend. Ein Fachausdruck der Philosophie.
A POTIORI (FIT DENOMINATIO)
Wörtlich: nach der Hauptsache (soll sich die Bezeichnung richten).
A PRIORI
Wörtlich: von vornherein; selbstverständlich, der ursprünglichen Vernunft entstammend. Häufiger Fachausdruck in der Sprache der Philosophie.
ARBITER ELEGANTIARUM
Wörtlich: Schiedsrichter in Angelegenheiten des Geschmacks. Ursprünglich Beiname des Petronius, eines Vertrauten des römischen Kaisers Nero (54 bis 68), der von Tacitus (römischer Geschichtsschreiber, um 55 bis 120) als Meister verfeinerten Lebensge-

nusses, zugleich aber doch als tatkräftiger und männlicher Charakter geschildert wird.

ARS AMANDI

Wörtlich: Die Kunst zu lieben. Es handelt sich um den Titel einer Schrift des römischen Dichters Ovid (43 v. Chr. bis 18 n. Chr.).

ARS LONGA VITA BREVIS

Die Kunst ist lang, das Leben kurz. Ein Sprichwort, das dem berühmtesten Arzt der Antike, Hippokrates (um 400 v. Chr.), zugeschrieben wird und von späteren Dichtern immer wieder aufgegriffen wurde, zum Beispiel von Goethe im »Faust« I (Studierzimmer, Wagner).

AUDIATUR ET ALTERA PARS

Wörtlich: Man höre auch die andere Seite, die andere Partei. Man muß, um zu einem gerechten Urteil zu kommen, immer beide Teile, beide Parteien hören. In dem Werk »Schimpf und Ernst« des deutschen Dichters Johannes Pauli (1522); findet sich aber schon bei dem römischen Philosophen Seneca (etwa 1 bis 65 n. Chr.) und später bei Augustinus (354 bis 430). Gebräuchlich als Grundsatz bei Rechtsstreitigkeiten.

AUDITORIUM MAXIMUM

bedeutet: der größte Hörsaal einer Universität. Heute als studentisches Kurzwort auch: Audimax gebräuchlich.

AUGUREN-LÄCHELN

Auguren waren römische Priester, die den Flug und den Ruf der Vögel beobachteten und daraus Weissagungen herleiteten. Der römische Feldherr und Senator Cato hat sich Äußerungen Ciceros zufolge (in dessen Werk De Divinatione, II, 24, 51) darüber gewundert, daß ein Augur (Haruspex) nicht lache, wenn er einen anderen Haruspex sähe. Cato meinte offenbar, daß die beiden durch ihr Lächeln das Einverständnis über den Schwindel, den sie betrieben, ausdrücken würden. Augurenlächeln hat daher die Bedeutung eines einverständlichen Blickwechsels zweier Personen, die sich über den geheimgehaltenen Sachverhalt einer in Rede stehenden Angelegenheit stillschweigend einig wissen.

AUREA MEDIOCRITAS

Wörtlich: die goldene Mitte. Eine Formel, die der römische Dichter Horaz (65 bis 8 v. Chr.) in seinen Oden erstmals verwendet haben dürfte.

AUREA PRIMA SATA EST AETAS

Hervorgebracht wurde als erstes das Goldene Zeitalter; der oft zitierte Anfang des Gedichts von den Vier Zeitaltern nach Ovids Metamorphosen I, 87.

AURORA MUSIS AMICA

Wörtlich: Aurora - die Göttin der Morgenröte - ist die Freundin der Musen. Die Sentenz ist gleichbedeutend mit dem deutschen Sprichwort: Morgenstund' hat Gold im Mund.

AUSTRIAE EST IMPERARE ORBI UNIVERSO

Alles Erdreich ist Österreich untertan, in der Abkürzung AEIOU, gilt als Wahlspruch des letzten in Rom gekrönten deutschen Kaisers Friedrich III. (1440 bis 1493). Eine andere Auslegung lautet: Austria erit in orbe ultima; dies in zweierlei Bedeutung: a) Österreich wird sein (bestehen) bis ans Ende der Welt und b) Österreich wird sein (sich ausdehnen) bis ans Ende der Welt. In der zweiten Bedeutung verwirklicht zur Zeit Kaiser Karls V., in dessen Reich die Sonne nicht unterging. Verballhornung: Aller Ehren ist Österreich voll (in der lateinischen Schrift wurde nämlich U als V wiedergegeben).

AUT CAESAR AUT NIHIL

Wörtlich: entweder Cäsar oder nichts; im Sinne von: alles oder nichts. Wahlspruch des Cesare Borgia (1475 bis 1507), des natürlichen Sohnes des Papstes Alexander VI., Herzogs der Romagna.

AVE CAESAR, MORITURI TE SALUTANT

Wörtlich: Sei gegrüßt, Kaiser, die dem Tod Geweihten grüßen dich. Überliefert von dem römischen Schriftsteller Sueton (um 120 n. Chr., Geheimsekretär des Kaisers Hadrian); es handelt sich um die Grußworte, die von den Kämpfern – Gladiatoren – in der Arena dem Kaiser beim Einzug entboten wurden.

BEATAE MEMORIAE
Seligen Andenkens.
BEATI POSSIDENTES
Glücklich die Besitzenden, oder: Glücklich, wer im Besitze lebt.
BEATISSIMA VIRGO
Die allerseligste Jungfrau; ehrende Bezeichnung der Jungfrau und Gottesmutter Maria.
BEATUS ILLE, QUI PROCUL NEGOTIIS
Wörtlich: Glücklich jener, der fern (ist) von Geschäften. Eine Sentenz nach dem römischen Dichter Horaz (65 bis 8 v. Chr.), gewissermaßen »Seligpreisung« für einen Urlauber ...
BELLA GERANT ALII, TU FELIX AUSTRIA NUBE!
Wörtlich: Kriege führen mögen die anderen, du, glückliches Österreich, heirate! Angeblich ein Ausspruch des Königs von Ungarn Matthias Corvinus (1458 bis 1490); damit wird auf die durch Heirat erworbenen Länder und Besitzungen des Hauses Österreich angespielt.
BELLUM OMNIUM CONTRA (IN) OMNES
Wörtlich: Krieg aller gegen alle. Der englische Philosoph Thomas Hobbes (1588–1679) erklärt in seiner Staatslehre dies als den Urzustand der Gesellschaft.
BENEFICIA NON OBTRUDUNTUR
Wörtlich: Wohltaten werden nicht aufgedrängt; ein Rechtsgrundsatz, wonach man niemand zwingen kann, Wohltaten anzunehmen.
BENEFICIUM SENECTUTIS
Wörtlich: Wohltat des Alters, auch im Sinne von: Vorrecht des Alters; gemeint ist, daß auch das Alter seine angenehmen Seiten hat.

BENE MERITUS

Ein wohlverdienter Mann; ein Mann mit hohen Verdiensten um eine Sache. Bene merenti bedeutet: dem Wohlverdienten und gibt einer Widmung Ausdruck.

BENE VALETE!

Lebt wohl - eine alte Grußformel.

BENE VIXIT, QUI BENE LATUIT

Wörtlich: Glücklich hat gelebt, wer in glücklicher Verborgenheit lebte. Sentenz in den »Tristien« des römischen Dichters Publius Ovidius Naso, genannt Ovid (43 v. Chr. bis 18 n. Chr.).

BIBAMUS

Lasset uns trinken - Sentenz aus der Trink- und Weinpoesie.

BIBLIA PAUPERUM

Wörtlich: Die Bibel der Armen; so bezeichnet, weil sie von den »Pauperes Christi« (den Armen Christi, worunter die Predigermönche zu verstehen sind) gerne gebraucht wurde. Eine Darstellung der biblischen Geschichte von der Erschaffung des Menschen bis zur Auferstehung Christi in jeweils vierzig bis fünfzig Bildern, oftmals mit lateinischen Kurztexten versehen.

BIS DAT, QUI CITO DAT

Wörtlich: Doppelt gibt, wer schnell gibt. Ein altes römisches Sprichwort.

BONA FIDE

Gewissenhaft, aufrichtig, ernsthaft. In gutem Glauben. Bona fide handeln heißt: etwas in der Überzeugung tun, daß man im Recht ist, daß man vertrauen darf.

BREVI MANU

Kurzerhand, kurzweg, ohne Umstände, ohne Förmlichkeiten.

CAESAR AD RUBICONEM
Wörtlich: Cäsar am Rubikon; siehe auch bei: Alea iacta est. Die Wendung bedeutet, vor einer wichtigen Entscheidung stehen, und war schon bei den Römern sprichwörtlich.

CAMERA OBSCURA
Dunkelkammer; wenn in einen dunklen Raum durch eine ganz kleine Öffnung Licht eingelassen wird, verkehrt sich das Bild der äußeren Gegenstände auf der Gegenwand der Dunkelkammer.

CANIS A NON CANENDO
Der Hund (wird Hund genannt), weil er nicht singt (vom Nicht-singen). Ein spöttischer Ausdruck, der bei dem römischen Schriftsteller Varro (116 bis 27 v. Chr.) in einem Werk über die lateinische Sprache aufscheint; siehe auch bei: Lucus a non lucendo.

CANTUS FIRMUS
Wörtlich: festes (starkes) Lied; bezeichnet die Stimme, die ein Komponist dem Choral oder dem Volkslied entnimmt, um eine oder mehrere Gegenstimmen hinzuzufügen.

CAPITIS DEMINUTIO
Wörtlich: des Hauptes Verminderung; bedeutet Ehrenminderung durch Verlust eines höheren Standes oder Amtes; Herabsetzung einer Person.

CAPTATIO BENEVOLENTIAE
Haschen nach Gunst, Trachten nach Wohlwollen Höhergestellter; Gunstwerbung. Der Ausdruck wird dem römisch-christlichen Schriftsteller Boethius (480 bis 524) zugeschrieben. Er war Minister Theoderichs d. Großen, sein Hauptwerk führt den Titel »Tröstung der Philosophie«.

CARMINA BURANA

Wörtlich: Lieder aus Beuern. Sammlung von mittellateinischen Liedern fahrender Schüler (Scholaren), die in einer Handschrift des 13. Jahrhunderts in der Abtei Benediktbeuern (Oberbayern, nahe dem Kochelsee) aufgefunden wurden. Moderne Vertonung durch Carl Orff.

CARPE DIEM

Wörtlich: Pflücke den Tag. Das heißt: Laß den Tag (die Gelegenheit, die Zeit) nicht ungenützt vorübergehen. Dieser Sinnspruch des Horaz (Oden I, 11) wird als Krönung epikuräischer Weisheit angesehen. Der griechische Philosoph Epikur (341 bis 270 v. Chr.) gilt als Lehrer verfeinerter Kunst des sinnlichen Lebensgenusses, der Seelenruhe mittels kluger Zügelung maßloser Begierden.

CASU

Durch Zufall.

CASUS BELLI

Der Kriegsfall. Bezeichnung eines Umstandes, der einen Krieg auslösen kann.

CASUS CONSCIENTIAE

Gewissensfall in der Bedeutung von: Gewissensangelegenheit.

CAUSA FINITA EST

Die Sache ist entschieden. Demnach ist es sinnlos, sie noch einmal aufzurollen. Siehe auch bei: Roma locuta.

CAVE CANEM

Wörtlich: Hüte dich vor dem Hund. Gebräuchliche Warnungsinschrift an Hauseingängen, schon im alten Rom. Funde aus Pompei sind erhalten.

CEDO MAIORI

Wörtlich: ich überlasse es dem Größeren; vor Größeren trete ich zurück. Sentenz nach dem römischen Dichter Martial (um 40 bis 102 n. Chr.).

CERTUS AMICUS REBUS INCERTIIS

Wörtlich: Sicherer Freund in unsicheren Dingen. So viel wie: den wahren Freund erkennst du, wenn es dir schlecht geht. Siehe auch bei: Amicus certus in re incerta cernitur.

CETERUM CENSEO (CARTHAGINEM DELENDAM ESSE)

Im übrigen meine ich (daß Karthago zerstört werden muß); angeblich hat der römische Politiker Cato (234 bis 149 v. Chr.) alle seine Senatsreden mit diesem Satz abgeschlossen. Die Formel wird in verschiedensten Abwandlungen, im Sinne einer immer wiederkehrenden Forderung, häufig angewendet.

CETERIS PARIBUS

Unter sonst gleichen Bedingungen.

CF.

Abkürzung für das lateinische Wort confer, vergleiche.

CHARACTER INDELEBILIS

Unzerstörbares Merkmal; nach kirchlicher Auffassung sind zum Beispiel Sakramente wie Taufe oder Priesterweihe unzerstörbar. Man versteht unter diesem Ausdruck im allgemeinen eine nie mehr entziehbare Fähigkeit.

CHARTA

Wörtlich: Blatt, Karte. Bei den Römern ein Blatt von der Papyrusstaude, deren kreuz und quer aufeinandergepreßte Markschichten das Schreibmaterial abgaben. Im Mittelalter wurde jede Urkunde als Charta bezeichnet, besonders, wenn sie wichtige Rechte und Freiheiten beinhaltete; siehe auch bei: Magna Charta.

CIRCA

Abgekürzt: ca. – ungefähr, in etwa, gegen.

CIRCITER

Abgekürzt: cr. – ungefähr.

CIRCUS MAXIMUS

Wörtlich: die größte Rennbahn. Bezeichnung des mutmaßlich schon 329 v. Chr. für 80.000 Zuschauer angelegten Kampfplatzes für Wettrennen und prunkvolle Aufzüge am Fuße des Palatinischen Hügels in Rom. Unter den Kaisern Domitian und Trajan für 250.000 Zuschauer erweitert. Die letzten Spiele fanden 549 n. Chr. statt. Der römische Circus Maximus ist noch nicht vollständig ausgegraben. Im übertragenen Sinne gilt die Bezeichnung auch für: Ausgelassenheit, wilde Heiterkeit, große Festlichkeit.

CIRCULUS VITIOSUS

Wörtlich: fehlerhafter Kreis, Zirkel, Schluß. In der Logik ist ein Trugschluß, wodurch das zu Beweisende in unzulässiger Weise für die Beweisführung benützt wird. Zum Beispiel: Der Wein macht trunken, weil er eine trunkenmachende Wirkung hat. Der Ausdruck wird auch verwendet im Sinne von: Teufelskreis, eine Sache, aus der man nicht herauskommt. Ferner entsprechend der Sentenz: eine Katze, die sich in den Schwanz beißt; eine Angelegenheit, die nicht ans Ziel führt, sondern sich immer nur im Kreis bewegt.

CITIUS, ALTIUS, FORTIUS

Schneller, höher, stärker – altes Motto für den sportlichen Geist der Olympischen Spiele.

CITO, auch CITISSIME

Eilig, bzw. sehr eilig, als Kurzvermerk auf Rezepten oder Briefsachen gebräuchlich.

CIVIS ROMANUS SUM

Wörtlich: ich bin ein römischer Bürger. Damit wollte

man sagen, daß man keiner fremden Gerichtsbarkeit unterstehe, daß man von Fremdstaaten nicht zur Verantwortung gezogen werden dürfe. Das Wort ist ein Zitat nach Cicero und wurde laut Apostelgeschichte (22, 28) auch von Paulus gebraucht.

CLERICUS CLERICUM NON DECIMAT

Wörtlich: Ein Geistlicher nimmt von einem (anderen) Geistlichen keinen Zehent (Tribut); gleichbedeutend mit dem deutschen Sprichwort: Eine Krähe hackt der anderen kein Auge aus.

C + M + B

ist die Abkürzung für: Christus mansionem benedicat, also: Christus segne (dieses) Haus. Die Segensformel wird am Dreikönigstag (6. Januar) mit geweihter Kreide über die Eingangstüren geschrieben. Nach anderer Auslegung bedeuten die Buchstaben: Caspar, Melchior, Balthasar. Auch wird manchmal K + M + B geschrieben, wobei das K dann für Kaspar stehen kann, oder auch die volle Lesart: Kyrios (grch. der Herr) mansionem benedicat lautet.

COGITO, ERGO SUM

Ich denke, also bin ich. Der sehr bekannte Grundsatz des französischen Philosophen René Descartes (1596 bis 1650), des Rationalisten, der damit die erste und sicherste Erkenntnis bezeichnen will.

COINCIDENTIA OPPOSITORUM

Wörtlich: Zusammenfall der Gegensätze. Womit gemeint ist, daß sich die Gegensätze im Unendlichen gegenseitig aufheben. Ein Grundsatz des humanistischen Gelehrten und Kardinals Nikolaus Cusanus (1401 bis 1464): alle endlichen Gegensätze fallen im Unendlichen, also in Gott, zusammen.

COMMUNI CONSENSU

Unter allgemeiner Zustimmung.

CONCEPI

Wörtlich: ich habe es verfaßt. Sein »concepi« unterschreiben, heißt sich als Verfasser bezeichnen.

CONCEPTIO IMMACULATA

Unbefleckte Empfängnis Marias, der Mutter Jesu. Darunter ist das von Papst Pius IX. 1854 verkündete Dogma zu verstehen, wonach Maria empfangen worden ist, ohne daß die Erbsünde auch auf sie übertragen worden wäre.

CONCORDIA RES PARVAE CRESCUNT, DISCORDIA MAXIMAE DILABUNTUR

Durch Eintracht wächst Kleines, durch Zwietracht zerfällt das Größte. Zitat nach dem römischen Geschichtsschreiber Sallust (86 bis 34 v. Chr.).

CONCURSUS AD DELICTUM

Zusammenwirken von mehreren Personen beim Begehen einer strafwürdigen Tat.

CONCURSUS CREDITORUM

Wörtlich: Zusammenlaufen der Gläubiger. Daraus ist unsere Kurzform »Konkurs« entstanden.

CONCURSUS DELICTORUM

Verübung mehrerer strafbarer Handlungen durch eine einzelne Person.

CONDITIO IURIS

Wörtlich: Bedingung des Rechts. Eine Voraussetzung, die sich aus einem Geschäft notwendigerweise von selbst ergibt.

CONDITIO SINE QUA NON

Eine Bedingung ohne die (etwas Bestimmtes) nicht (eintreten kann); eine unerläßliche Bedingung. (Richtiger: Condicio sine qua non).

CONFER

Vergleiche! Abkürzung: cf. Gebräuchlich als Hinweis, besonders in wissenschaftlichen Werken.

CONFESSIO AUGUSTANA

Das Augsburgische Bekenntnis, von Melanchthon verfaßte Schrift, die 1530 Kaiser Karl V. zu Augsburg überreicht wurde; bis heute als Bekenntnisschrift der Lutheraner amtliches Glaubensgut des Protestantismus.

CONFOEDERATIO HELVETICA

Das Helvetische Bündnis, als Bezeichnung der schweizerischen Eidgenossenschaft; daher auch das Schweizer Kfz.-Kennzeichen »CH«.

CONSECUTIO TEMPORUM

Wörtlich: Folge der Zeiten. Gemeint die gesetzmäßige Aufeinanderfolge der Zeiten (tempora) im grammatikalischen Gefüge eines Satzes.

CONSENSU CONTRAHITUR

Durch Übereinstimmung kommt eine Verbindlichkeit (ein Vertrag) zustande; dieser Grundatz gilt nicht allgemein, sondern nur hinsichtlich der sogenannten Consensual-Kontrakte – bei Gesellschaften, Mandaten, Kauf, Miete.

CONSENSUS GENTIUM

Bei allen Völkern herrschende gleiche Ansicht.

CONSENSUS OMNIUM

Die Meinung aller, allgemeine Übereinstimmung.

CONSILIA EVANGELICA

Wörtlich: die evangelischen Räte, Ratschläge. Dabei handelt es sich um sittliche Vorschriften, die nicht allgemein verbindlich sind und die nur freiwillig übernommen werden, wie zum Beispiel die klösterlichen Gelübde von Armut, Gehorsam und Keuschheit.

CONSILIUM ABEUNDI

Der Rat, (von etwas) wegzugehen, d.h. von einer Sache abzustehen. Wer diesen Rat nicht befolgt, wird zum Nachgeben gezwungen. Die Wendung steht im Zusammenhang mit der Verweisung eines Schülers von der Schule, daher consilium auch im Sinne von: Beschluß.

CONSUETUDO ABROGATORIA

Überholte Gewohnheit. Wenn Bestimmungen durch Entwicklung überholt sind, gelten sie als aufgehoben.

CONSUETUDO QUASI ALTERA NATURA

Die Gewohnheit (ist) gleichsam die zweite Natur. Sentenz nach dem römischen Staatsmann und Schriftsteller Cicero (106 bis 43 v. Chr.).

CONSUMMATUM EST

Es ist vollbracht – Worte Jesu am Kreuz.

CONTRADICTIO IN ADIECTO

Wörtlich: Widerspruch im Beiwort. Gemeint ist eine widersprechende Begriffsverknüpfung, zum Beispiel: viereckiger Kreis, weißer Rappe.

CONTRA LEGEM

Gegen das Gesetz.

CONTRA SEXTUM

Gegen das sechste (Gebot); meint einen Verstoß gegen die Keuschheit, Sittlichkeit.

CORAM NOTARIO ET TESTIBUS

Vor Notar und Zeugen.

CORAM PUBLICO

Angesichts der Öffentlichkeit, öffentlich, vor versammeltem Volk.

CORDIALITER

Herzlich, vertraulich, freundschaftlich.

CORPUS CHRISTI MYSTICUM

Der geheimnisvolle Leib Christi. Theologisches Verständnis des Begriffs Kirche.

CORPUS DELICTI

Gegenstand des Vergehens, der den Nachweis für ein

Vergehen erbringt. Übertragen: Beweisstück, Tatbestand.

CORPUS IURIS

Name für Gesetzessammlungen und Rechtsbücher. Corpus iuris civilis: Rechtsbücher des oströmischen Kaisers Justinian (527 bis 565); 530 bis 564 wurde darin das Römische Recht zusammengefaßt; die Sammlung und Vereinigung erfolgte im 12. Jahrhundert. Corpus iuris canonici: Sammlung von Rechtsquellen des kanonischen Rechts; das kanonische Recht ist das Kirchenrecht einer christlichen Religionsgemeinschaft – eine Zusammenfassung aller Bestimmungen zur Regelung des kirchlichen Lebens.

CRAMBE REPETITA

Aufgewärmter Kohl. Längst allgemein Bekanntes, das als neu hingestellt wird. Der spöttische Ausdruck stammt von dem römischen Dichter Juvenal (60 bis 140 n. Chr.).

CREDAT IUDAEUS APELLA

Wörtlich: Das soll der Jude Apella glauben. Sinngemäß: Das glaube, wer mag. Das Zitat stammt aus den Satiren des römischen Dichters Horaz (65 bis 8 v. Chr.).

CREDO, QUIA ABSURDUM

Wörtlich: Ich glaube, weil es widersinnig ist. Das Widersinnige ist zu verstehen als das, was die Grenzen des menschlichen Verstehens überschreitet. Ein Grundsatz, der dem ersten großen lateinischen Kirchenschriftsteller Tertullian zugeschrieben wird. Der Wortlaut der Sentenz ist bei Tertullian (um 160 bis 220) allerdings etwas anders.

CRIMEN LAESAE MAIESTATIS

Das Verbrechen der Majestätsbeleidigung.

CRUX

Das Kreuz. Eine Crux auf sich nehmen, wörtlich: ein Kreuz auf sich nehmen; das heißt: eine Last, eine Bürde auf sich nehmen, einen Kummer ertragen müssen.

C.T.

siehe bei: cum tempore.

CUCULLUS NON FACIT MONACHUM

Wörtlich: Die Kutte macht nicht den Mönch. Bedeutet: Äußerlichkeiten haben mit dem Wesen nichts zu tun. In gewissem Sinne das Gegenteil des Sprichworts: Kleider machen Leute.

CUI BONO?

Wörtlich: Wem zum Guten? Das heißt: wozu, wem soll es nützen? Ein Wort des sittenstrengen Römers Lucius Cassius, von dem der römische Politiker Cicero (106 bis 43 v. Chr.) in seiner »Philippica« (2) berichtet und der bei gerichtlichen Untersuchungen den Richtern nachdrücklich zu verstehen gab, sie müßten jeweils herausfinden, wem zu Nutzen eine Tat geschah.

CUIUS REGIO, EIUS RELIGIO

Wörtlich: Wessen Gebiet, dessen Religion. Ein Grundsatz, der im Augsburger Religionsfrieden (1555) festgelegt wurde, wonach das Religionsbekenntnis der Untertanen von der Obrigkeit bestimmt werden durfte. Man vergleiche die deutsche Wendung: Wes Brot ich ess', des Lied ich sing.

CUM GRANO SALIS

Wörtlich: Mit einem Körnchen Salz. In Anlehnung an einen Ausdruck des römischen Schriftstellers Plinius d. Ä. (23 bis 79 n. Chr.), mit dem er in einem Rezept den Bestandteil eines Gegengiftes angab. Wird verwendet in der Bedeutung: es ist nur ein wenig witzig, nämlich ironisch gemeint, aber wir finden in der Sache noch eine Spur von Wahrheit. Heute allgemein in der Bedeutung von: mit ein bißchen Witz, nicht ganz wörtlich zu nehmen, mit gewisser Einschränkung zu verstehen.

CUM INFAMIA

Mit Schimpf und Schande.

CUM LAUDE

Mit Lob, lobenswert. Beurteilungsgrad bei akademischen Abschlußprüfungen.

CUM TEMPORE

Wörtlich: mit Zeit. Eine Zeitangabe, die ausdrückt, daß der Beginn einer Veranstaltung (Vorlesung) mit dem sogenannten »akademischen Viertel«, also eine Viertelstunde später ist.

CURA PECUNIAE

Wörtlich: des Geldes Sorge; Geldsorgen, finanzielle Sorgen. Die Wendung ist eine sinnverändernde Verkürzung aus dem Horazschen Odenvers: Crescentem sequitur cura pecuniam – dem wachsenden Geld folgt die Sorge.

CURA POSTERIOR

Sorge späterer Zeit; bedeutet, daß eine Sache noch nicht spruchreif ist, einen noch nichts angeht.

CURRICULUM VITAE

Lebenslauf, Lebensbeschreibung. Wird bei Stellenbewerbungen vom Bewerber öfters verlangt, und zwar meist handschriftlich. Die Bezeichnung wird erstmals von dem römischen Staatsmann Cicero (106 bis 43 v. Chr.) in seiner Rede »Pro Rabirio« verwendet.

DAT, DICAT, DEDICAT oder
DAT, DONAT, DEDICAT

Er gibt, weiht und widmet; römische Formel für Gegenstände, die man den Göttern weihte, auf Inschriften mit D. D. D. abgekürzt.

D. D. D. siehe bei: Dat, dicat, dedicat.

DE AUDITU

Vom Hören, man weiß etwas vom »Hörensagen«; was man nicht als Augenzeuge bestätigen kann.

DEBET (und CREDIT)

Soll (und Haben); bezeichnet in der Buchhaltung die beiden Seiten eines Kontos. Auf der Debet-Seite (Soll) werden alle Beträge eingetragen, mit denen das Konto belastet wird.

DEDUCTIO AD ABSURDUM

Wörtlich: Hinführung zum Widersinnigen. Nachweis, daß sich aus einer Behauptung nur widersprechende Folgerungen ergeben können. Siehe auch bei: ad absurdum.

DE FACTO

Tatsächlich, den Tatsachen entsprechend.

DEFENSOR DEI

Verteidiger Gottes, beziehungsweise der Kirche.

DEFENSOR FIDEI

Beschützer des Glaubens. Damit wurden die englischen Könige tituliert. Papst Leo X. verlieh diesen Titel dem englischen König Heinrich VIII. (1491 bis 1547) für die Verteidigung der päpstlichen Autorität gegenüber Luther.

DEFENSOR MATRIMONII

Verteidiger der Ehe. Bezeichnung des Staatsanwaltes, der bei Ehescheidungsprozessen für die Ehe eintritt.

DE GUSTIBUS NON EST DISPUTANDUM

Über Dinge des Geschmacks läßt sich nicht streiten; man vergleiche die französische Formel »Chacun à son goût«.

DEI GRATIA

Von Gottes Gnaden. Eine Redewendung nach dem 1. Korintherbrief (3, 10) des heiligen Paulus.

DE INTEGRO

Von neuem, wieder von vorn.

DE IURE

Von Rechts wegen; wie es dem Recht bzw. dem Gesetz entspricht.

DELEATUR

Wörtlich: es werde getilgt, es werde gestrichen, es soll ausgelassen werden, in der Buchdruckersprache bei Korrekturen verwendet als Hinweis für den Setzer, daß eine Stelle im Manuskript oder im Satz entfallen soll.

DE MORTUIS NIL NISI BENE

Über die Toten nichts, wenn nicht Gutes; über Verstorbene soll man nur gut reden. Eine Sentenz nach dem griechischen Philosophen Chilon, einem der sogenannten Sieben Weisen Griechenlands. Dieses Wort wird auch in der abgewandelten Form gebraucht: De absentibus nil nisi bene – Über Abwesende soll nur Gutes gesprochen werden.

DE NIHILO NIHIL

Wörtlich: aus nichts nichts; gemeint ist: aus nichts wird nichts, kann nichts werden. Nach dem altrömischen Schriftsteller Lukrez (98 bis 55 v. Chr.).

DEO GRATIAS

Gott (sei) Dank! Formel aus der Liturgie.

DEO IUVANTE

Mit Gottes Hilfe. Eine Redensart, die der Babenberger Herzog Heinrich II. in der Form »Ja, so mir Gott helfe« gebraucht haben soll; danach erhielt er auch den Beinamen Jasomirgott (1114 bis 1177).

DEO VOLENTE

Mit dem Willen Gottes; entspricht der deutschen Redewendung: So Gott will.

DE PROFUNDIS

Wörtlich: Aus den Tiefen, aus den Abgründen. Nach dem Alten Testament, Psalm 130, wo es heißt: De profundis clamavi ad te, Domine – Aus Abgrundtiefen rufe ich zu dir, Herr! Im übertragenen Sinne: aus tiefer Not.

DESIDERIO DESIDERAVI

Mit großer Sehnsucht habe ich danach verlangt. Worte Jesu vor dem Ostermahl mit den Jüngern; nach dem Neuen Testament, Lukas 22, 15.

DEUS IN (EX) MACHINA

Wörtlich: der Gott in der Maschine; der Gott, der aus der Maschine kommt. Wenn in der antiken Tragödie ein Konflikt dramaturgisch nicht anders zu lösen war, dann ließ man überraschend einen Gott oder halbgöttlichen Helden eingreifen und beförderte ihn üblicherweise mittels eine Kranes von oben herab auf die Bühne. Gebräuchlich für jemanden, der eine Situation unvermittelt und unvorhergesehen rettet.

DEVOTIO MODERNA

Frei übersetzt soviel wie: »Neue Form frommen Lebens«. Gemeint ist jene Richtung religiösen Lebens und Verständnisses, wie sie im 15. Jahrhundert besonders im Kreis um Thomas von Kempen u.a. gepflegt wurde.

DIEM PERDIDI

Wörtlich: ich habe den Tag verloren. Sueton (römischer Historiker, um 120 n. Chr.) berichtet, daß Kaiser

Titus (79 bis 81 n. Chr.) einmal dieses Wort ausgerufen habe, als er feststellte, daß er an einem Tag niemandem etwas Gutes getan habe.

DIES A QUO

Wörtlich: der Tag, von dem an; Anfangstermin.

DIES AD QUEM

Wörtlich: der Tag, bis zu dem; also: Endtermin.

DIES ATER

Wörtlich: schwarzer Tag. So bezeichneten die Römer einen Unglückstag, an dem sie eine Niederlage erlitten.

DIES DIEM DOCET

Ein Tag lehrt den anderen – römisches Sprichwort, gleichzusetzen dem deutschen Spruch: Durch Erfahrung wird man klug.

DIES IRAE

Wörtlich: Tag des Zornes. Anfangsworte des lateinischen Hymnus auf das Weltgericht, wahrscheinlich von dem Franziskaner Thomas von Celano im 13. Jahrhundert verfaßt.

DIFFICILE EST SATIRAM NON SCRIBERE

Es ist schwer, eine Satire (darüber) nicht zu schreiben. Bezieht sich auf Situationen oder Begebenheiten so grotesker Art, daß der Spott des Beobachters herausgefordert wird. Der Ausspruch geht zurück auf den römischen Satiriker Juvenal (60 bis 140 n. Chr.).

DISCITE, MONITI!

Lernt, (ihr seid) gewarnt! Zitat aus der »Äneis« des Vergil (70 bis 19 v. Chr.).

DIXI

Wörtlich: Ich habe gesprochen. Eine Schlußformel, die besagt, daß man einer Sache nichts mehr hinzuzufügen wünscht.

DOCTOR UTRIUSQUE IURIS

Doktor beider Rechte. Diese beiden Rechte sind das bürgerliche sowie das kanonische. Demzufolge wird der Doktor iuris üblicherweise zum »Doktor beider Rechte« promoviert.

DOLUS EVENTUALIS

Wörtlich: Vergehen bei Gelegenheit. Wenn jemand eine widerrechtliche Sache zwar nicht selbst herbeiführt, aber doch damit einverstanden ist, wenn sie eintritt, und sie sich zunutze macht.

DOMINE, QUO VADIS?

Siehe bei: Quo vadis.

DONATIO MORTIS CAUSA

Schenkung auf den Todesfall, von Todes wegen. Erfolgt bzw. tritt ein nach Ableben des Schenkers und stellt eine Abart eines Vermächtnisses dar. Bedingung ist die Testierfähigkeit des Schenkers.

DONEC ERIS FELIX, MULTOS NUMERABIS AMICOS

So lange du glücklich bist, wirst die viele Freunde zählen, im Glück hast du viele Freunde. Zitat aus den »Tristien« des Ovid (43 v. bis 18 n. Chr.).

DO, UT DES

Wörtlich: Ich gebe, damit du gibst. Eine Auffassung des römischen Rechtsdenkens, wonach man zu einer Leistung nur dann bereit ist, wenn der Partner seinerseits eine Gegenleistung erbringen will. Im weiteren Sinn entspricht der Satz auch einem religiösen Denken, demzufolge die moralische Leistung des Menschen mit einer göttlichen Gegenleistung in Zusammenhang gebracht wird. Schließlich kann man mit dieser Formel auch die Annahme ausdrücken, daß bei finanziellen Transaktionen möglicherweise Bestechung vorliegt.

DULCE ET DECORUM EST PRO PATRIA MORI
Süß und ehrvoll ist es, für's Vaterland zu sterben. Zitat aus den Oden des römischen Dichters Horaz (65 bis 8 v. Chr., das auf den griechischen Dichter Tyrtäus um 670 v. Chr. zurückgeht.

DUM SPIRO, SPERO
So lange ich atme, hoffe ich.

DUO QUUM FACIUNT IDEM, NON EST IDEM
Wenn zwei dasselbe tun, so ist es nicht dasselbe. Man will damit sagen, daß gleiche Handlungen verschiedene Bedeutung haben, je nach denen, die sie ausführen. Eine Redewendung, die auf den römischen Komödienschreiber Terenz (gest. 159 v. Chr.) zurückgeht.

ECCE HOMO!

Sehet, (welch ein) Mensch! Nach dem Johannes-Evangelium (19, 5) Ausruf des römischen Statthalters Pilatus angesichts des gegeißelten und mit Dornen gekrönten Jesus von Nazareth, als er ihn den Juden vorführen ließ. Auch die Bezeichnung für die künstlerische Darstellung eines dornengekrönten Christus.

ECCLESIA MILITANS

Wörtlich: die streitende Kirche, worunter man die noch auf der Erde nach Vollkommenheit strebenden Gläubigen, das Volk Gottes schlechthin versteht.

ECCLESIA TRIUMPHANS

Wörtlich: die triumphierende Kirche. Man versteht darunter die Gemeinschaft der Seligen im Himmel.

EDIDIT

Wörtlich: (er) hat herausgegeben. Verwendung bei Büchertiteln, auch in der Abkürzung: ed.

EDITE, BIBITE, COLLEGIALES!

Schmauset, trinket, Freunde! Kehrreim des bekannten Studentenliedes: »Ça ça geschmauset . . .«.

EMERITUS

Einer, der ausgedient hat. Heute schon seltener gewordene Bezeichnung für Geistliche und Hochschullehrer im Ruhestand.

EO IPSO

Eben dadurch, von selbst, ohne weiteres.

EPITHETON ORNANS

Wörtlich: schmückendes Beiwort; zum Beispiel, wenn von der griechischen Göttin Hera als der »kuhäugigen Hera« oder von Eos, der Morgenröte, als der »rosenfingrigen« geredet wird (bei Homer).

E PLURIBUS UNUM
Aus (den) vielen eins – Wahlspruch der Vereinigten Staaten von Amerika.

ERGO BIBAMUS!
Darum lasset uns trinken! Spruch trinkfreudiger Gesellen. Bekannt auch durch das Lied von Johann Wolfgang v. Goethe: »Hier sind wir versammelt . . .«.

ERITIS SICUT DEUS, SCIENTES BONUM ET MALUM
Wörtlich: Ihr werdet sein wie Gott, wissend, was gut und böse ist. Zitat nach dem Alten Testament (1. Buch Moses). Man vergleiche die Worte des Mephistopheles zum Schüler in Goethes »Faust«.

ERRARE HUMANUM EST
Wörtlich: Irren ist menschlich. Direkt abgeleitet aus einer Schrift des Kirchenlehrers Hieronymus (um 340 n. Chr.); der Gedanke ist älter und schon nachzuweisen bei den griechischen Dramatikern Sophokles und Euripides, oder auch bei Demosthenes und Cicero. Bei letzterem heißt es: Jeder Mensch kann irren, nur der Tor wird im Irrtum verharren. Beim älteren Seneca (etwa 55 v. bis etwa 39 n. Chr.) findet sich: Humanum est errare.

ERRATA
Wörtlich: Irrtümer. Fachausdruck für Druckfehler in Büchern, auf die oftmals durch sogenannte »Errata-Zettel« hingewiesen wird.

EST MODUS IN REBUS, SUNT CERTI DENIQUE FINES
Es ist ein Maß in den Dingen, es gibt schließlich bestimmte Grenzen. Zitat aus den »Satiren« des Horaz (65 bis 8 v. Chr.).

ET – ET
Sowohl als auch; zum Beispiel: »Es ist die Frage, ob

es um die Erziehung zur Vernunft oder den Glauben geht. Ich möchte sagen: et - et . . .«.

ETC.

Siehe bei: et cetera.

ET CETERA

Und weiters, und so weiter, ferner.

EX ABRUPTO

Wörtlich: aus dem Abgebrochenen, Unvermuteten. Die Wendung hat die Bedeutung von: plötzlich, unversehens, unvermutet, aus dem Stegreif.

EX AEQUO

Wörtlich: auf Grund des Gleichen, unentschieden. In der Bedeutung von: an gleicher Stelle; wenn bei sportlichen Wettkämpfen zwei Kämpfer die gleiche Leistung zustandebringen.

EX AEQUO ET BONO

Nach Recht und Billigkeit. Diese Formulierung entstammt dem römischen Geschichtsschreiber Sallust (86 bis 35 v. Chr.).

EX ASSE

Ganz, ganz und gar, vollständig, auf Heller und Pfennig. »As« war eine römische Münzeinheit.

EX CATHEDRA PETRI

Wörtlich: vom Lehrstuhl des Petrus aus. Bezeichnet einen Ausspruch des Papstes, der nach dem 1870 verkündeten Dogma (I. Vatikanisches Konzil) als »unfehlbar« und allgemein verbindlich gilt. Im weiteren Sinne spricht man von »Ex-Cathedra-Entscheidungen« bei Verkündungen von maßgebender Stelle aus, also bei verbindlichen Lehrsätzen.

EXCOMMUNICATIO (MAIOR und MINOR)

Kirchenbann (großer und kleiner). Ausschluß aus der kirchlichen Gemeinschaft. Wurde früher durch päpstliche Bullen verhängt.

EXEGI MONUMENTUM AERE PERENNIUS

Ich habe (mir) ein Denkmal errichtet, dauernder als Erz. Zitat des ersten Verses aus der letzten Ode des 3. Buches der »Carmina« des Horaz (65 bis 8 v. Chr.).

EXEMPLA DOCENT (ILLUSTRANT)

Beispiel lehren, Beispiele erläutern, Beispiele sind bildhaft.

EXEMPLA SUNT ODIOSA

Wörtlich: Beispiele sind hassenswert; im Sinne von: Beispiele anzuführen, ist gehässig. In der Bedeutung, daß man von etwas nicht gerne spricht.

EXEMPLA TRAHUNT

Wörtlich: Beispiele ziehen; in der Bedeutung: reißen mit sich fort.

EXEMPLI CAUSA

Beispielsweise, zum Beispiel; oftmals abgekürzt: e.c.

EXEMPLUM STATUERE

Exempel statuieren, exemplarisch bestrafen, zwecks Abschreckung bestrafen. Eine Redewendung nach dem lateinischen Schriftsteller Livius (59 v. bis 17 n. Chr.).

EXERCITIA SPIRITUALIA

Wörtlich: geistliche Übungen; Frömmigkeitsübungen.

EX - LEX

Außerhalb des Gesetzes, rechtlos, vogelfrei.

EX LIBRIS

Aus den Büchern, d.h. aus der Bibliothek des ... Zeichen mit dem Namen und/oder Wappen eines Bucheigners, oftmals künstlerisch gestaltet.

EX NEXU

Außer Verbindung, ohne Zusammenhang.

EX ORIENTE LUX

Wörtlich: Aus dem Osten (kommt) das Licht. Uralte

Anschauung, daß alle Kultur so wie die Sonne aus dem Osten kommt. So wird der Chor der christlichen Kirchen seit je in östlicher Richtung angelegt; vielfach wurden auch die Toten mit dem Gesicht nach Sonnenaufgang bestattet.

EX OFFICIO

Von Amts wegen, amtlich, offiziell.

EX PARTE

Zum Teil, teilweise, von seiten.

EXPERTO CREDITE

Wörtlich: Glaubet dem, der es selbst erfahren hat. Ein Zitat aus der »Äneis« des Vergil (70 bis 19 v. Chr.). »Expertus« ist hier nicht ein Sachverständiger, sondern ein Mann, er auf Grund von eigenen Erfahrungen zuverlässige Urteile abzugeben imstande ist.

EXPLICIT

ist die Abkürzung von: Volumen explicitum est – die Bücherrolle ist abgewickelt, das Buch ist zu Ende.

EX POST (FACTO)

Hinterher, nachdem eine Tat geschehen ist, im nachhinein.

EXPRESSIS VERBIS

Wörtlich: mit ausdrücklichen Worten. Auch: ausdrücklich betont, dem genauen Wortlaut nach, wortwörtlich.

EX PROFESSO

Von Amts wegen, von Berufs wegen, absichtlich, vorsätzlich, geflissentlich.

EX PROPRIIS (EX PROPRIO)

Aus eigenem, aus eigenen Mitteln, aus eigener Kraft, aus eigenem Antrieb.

EX TEMPORE

Wörtlich: aus der Zeit, in der Bedeutung von: aus dem Augenblick heraus gesagt oder getan, aus dem Stegreif. In Komödien wird gerne »extemporiert«.

EXTRA ECCLESIAM NULLA SALUS

Außerhalb der Kirche (ist) kein Heil. Ein Grundsatz, nach dem sich die römisch-katholische Kirche als »alleinseligmachende« versteht.

EXTRA MUROS

Außerhalb der (Stadt)Mauern; im übertragenen Sinne: außerhalb des eigenen Bereichs.

EX UNGUE LEONEM

An der Klaue (erkennt man) den Löwen. Gleichzuhalten dem ins Heitere übertragenen deutschen Sprichwort: Am Ringelschwanz erkennt man doch das Schwein. Der Gedanke, nämlich vom Teil aufs Ganze zu schließen, auf den der Sinnspruch abzielt, findet sich bei dem griechischen Historiker und Philosophen Plutarch (um 46 bis 120 n. Chr.).

EX VOTO

Auf Grund eines Gelöbnisses, einem Gelübde zufolge. Das Wort wurde auch als Aufschrift auf Weihegeschenken (an Wallfahrtsorten) verwendet.

FABULA DOCET
Die Fabel lehrt, die Geschichte lehrt; gebräuchlich im Sinne von: Die Moral von der Geschichte ist . . .

FACIO, UT DES (oder FACIAS)
Ich tue (dies), damit du (etwas) gibst. Grundsätze des römischen Rechts; siehe bei: Do ut des.

FACTA LOQUUNTUR
Die Tatsachen reden, oder: eine Sache spricht für sich selbst.

FAC TOTUM
Wörtlich: mach alles, tu alles. Eingedeutscht als »Faktotum« in der Bedeutung von: Helfer in allen Dingen, Mädchen für alles.

FAMA CRESCIT EUNDO
Wörtlich: das Gerücht wächst, während es sich verbreitet. Je mehr sich ein Gerücht verbreitet, um so größeren Umfang nehmen seine Inhalte an. Eine Sentenz aus Vergils »Äneis« (römischer Dichter, 70 bis 19 v. Chr.).

FAVETE LINGUIS!
Wörtlich: Begünstigt (die Opferhandlung) durch die Zungen; sprecht nichts Unrechtes, schweigt lieber. Gleichzusetzen dem deutschen Sprichwort: Hüte deine Zunge!

FECIT
Wörtlich: (er) hat (es) gemacht; in Verbindung mit dem Namen des Künstlers auf Kunstwerken, um den Urheber des Kunstwerkes namhaft zu machen.

FELIX (AUSTRIA, oder auch: GERMANIA)
Glückliches Österreich! Glückliches Deutschland! Als Ausruf, mit beliebig anderen Namen zu ergänzen, nach besonderem Erfolg, in günstigen Umständen usw.

FELIX CULPA

Glückliche Schuld. Religiöser Gedanke christlicher Bekenntnisse, wonach der Sünder durch die Vergebung in einem glücklicheren Zustand sich befindet, als bevor er sündigte. Im Exsultet, dem Jubelgesang der Osterliturgie, heißt es: Felix culpa, quae talem ac tantum meruit habere Redemptorem – Glückliche Schuld, die uns einen solchen und so großen Erlöser verdient hat.

FESTINA LENTE

Wörtlich: Eile langsam; entsprechend dem deutschen Sprichwort: Eile mit Weile. Eine Sentenz, die dem römischen Historiker Sueton zufolge (um 120 n. Chr.) Kaiser Augustus oftmals gebraucht haben soll.

FIAT IUSTITIA, ET PEREAT MUNDUS

Es möge Recht geschehen, und sollte die Welt daran zugrunde gehen. Ähnlich dem deutschen Sprichwort: Recht muß Recht bleiben. Die Sentenz soll Kaiser Ferdinand I. (1556 bis 1564) als Wahlspruch gebraucht haben. Es wird auch zitiert: Fiat iustitia ne pereat mundus – Gerechtigkeit möge walten, damit die Welt nicht zugrunde gehe.

FIAT LUX

Es werde Licht. Nach dem ersten Buch Moses das erste Schöpfungswort Gottes.

FIDELITER ET CONSTANTER

Treu und beständig.

FIDES GRAECA (oder PUNICA)

Wörtlich: griechische (oder: punische) Treue; wird ironisch angewendet und meint: Wortbrüchigkeit, Unzuverlässigkeit.

FIDE, SED CUI, VIDE!

Traue, aber achte darauf, wem! Analog dem deutschen Sprichwort: Trau, schau, wem!

FIDUS ACHATES

Der getreue Achates. Dies war der Freund des Äneas, der als Muster eines treuen Begleiters gilt. Der Ausdruck entstammt der »Äneis« des Vergil (70 bis 19 v. Chr.) und kann mit jedem anderen Namen einer Person, die Treue erweist, beliebig abgeändert werden.

FILIA HOSPITALIS

Die Tochter des Wirtes, das Wirtstöchterlein, das im Leben der Studenten vergangener Zeiten oftmals eine gewisse Rolle gespielt haben dürfte ...

FINIS CORONAT OPUS

Das Ende krönt das Werk; entspricht der deutschen Wendung: Ende gut, alles gut.

FLOREAT

Er blühe, er gedeihe; auch heute noch manchmal in Verbindung mit Glückwünschen oder in Ansprachen verwendet: Möge es ihm wohlergehen.

FORTES FORTUNA ADIUVAT

Wörtlich: den Mutigen hilft das Glück. Lateinisches Sprichwort.

FORTITER IN RE, SUAVITER IN MODO

Stark (unnachgiebig) in der Sache, milde in der Form. Lateinisches Sprichwort, das auch auf den Ende des 16., Anfang des 17. Jahrhunderts lebenden Jesuitengeneral Aquaviva zurückgeführt wird.

FUIMUS TROES

Wörtlich: Trojaner sind wir gewesen. Bedeutet dem Sinn nach: es ist alles verloren, wir sind vernichtet. Ein Zitat aus der »Äneis« des römischen Dichters Vergil (70 bis 19 v. Chr.).

FUROR POETICUS

Dichterische Begeisterung.

FUROR PRINCIPUM

Größenwahn, Cäsarenwahn.

FUROR TEUTONICUS

Wörtlich: teutonischer Schrecken; im Sinne von: deutsche Urgewalt, deutsches Ungestüm. Ein Wort nach Lukanus (39 bis 65 n. Chr.).

GALLINA SCRIPSIT

Wörtlich: die Henne hat (es) geschrieben; gemeint sind die »Krähenfüße« im Gesicht als Zeichen des Alterns. Zitat nach dem römischen Dramatiker Plautus (gest. 184 v. Chr.).

GALLINAE FILIUS ALBAE

Wörtlich: Sohn einer weißen Henne. Sprichwörtlicher Ausdruck nach dem römischen Schriftsteller Juvenal (60 bis 140 n. Chr.), der so viel wie: Sonntagskind, Glückskind, Glückspilz bedeutet.

GAUDEAMUS IGITUR

Wörtlich: Daher laßt uns lustig sein. Anfang des bekannten Studentenliedes, das allerdings ursprünglich ein »Memento mori« (Todesgedenken) war. Die neuere Fassung als Studentenlied stammt von dem Pfarrer Kindleben, um 1781.

Die heutige Melodie, die so wie der Text von der ursprünglichen Fassung abweicht, bekam das Lied einige Jahre später.

GAUDIUM LABORIS ACTI

Das Vergnügen (an) der getanen Arbeit, im Sinne von: nach getaner Arbeit ist gut ruhen.

GENIUS LOCI

Wörtlich: der Geist des Ortes. Gemeint ist der Nimbus, der einer Persönlichkeit, einem historischen Geschehen, einer Stadt, einer Landschaft eigen ist und auf Menschen zu wirken scheint. Man versteht darunter auch einen Schutzgeist, der an einem bestimmten Ort beheimatet ist, oder die charakteristische Atmosphäre eines Ortes.

GENUS IRRITABILE VATUM

Wörtlich: das empfindsame Geschlecht der Dichter.

Ein Ausdruck (als psychologische Feststellung) des römischen Dichters Horaz (65 bis 8 v. Chr.).

GESTA ROMANORUM

Wörtlich: Taten der Römer. Sammlung von anekdotischen, sagen- und märchenhaften Erzählungen aus der römischen Kaiserzeit. Die Erzählungen sind jedoch Ende des 13. Jahrhunderts entstanden und im Stile des zeitgenössischen Rittertums abgefaßt.

GLORIA IN EXCELSIS DEO

Wörtlich: Ehre sei Gott in den Höhen. Der Lobgesang der Engel bei der Geburt Christi. Ein Teil der Meßliturgie, kurz »Gloria« genannt.

GRAECA SUNT, NON LEGUNTUR

Wörtlich: Das sind griechische (Worte), (das) wird nicht gelesen. Der Ausspruch bedeutet so viel wie: es ist zu schwierig. Diese Sentenz dürfte im Mittelalter entstanden sein, als sich für manche Kommentatoren antiker Texte griechische Stellen als unverständlich erwiesen.

GRADUS AD PARNASSUM

Wörtlich: Stufe zum Parnaß. Der Parnaß ist ein Gebirge in Mittelgriechenland und wurde im Altertum als Sitz des Gottes der Schönen Künste Apoll angesehen. Unter »Parnaß« versteht man daher das Reich der Kunst, besonders der Dichtkunst. Der Ausdruck »gradus ad Parnassum« bezeichnet auch griechische oder lateinische Wörterbücher für metrische und poetische Übungen.

GRATIA SUPPONIT NATURAM

Wörtlich: Die Gnade setzt die Natur voraus; die Gnade knüpft an die Natur an. Bedeutet, daß im Wesen des Menschen das Streben nach Gott naturhaft da ist, durch die Gnade aber vollendet werden muß. Der Ausdruck wurde zunächst von Bonaventura (1221 bis 1274) formuliert, von Thomas von Aquin (um 1225 bis 1274) im Vollsinn entwickelt.

GUTTA CAVAT LAPIDEM NON VI, SED SAEPE CADENDO

Wörtlich: Der Tropfen höhlt den Stein nicht durch Kraft, sondern durch stetiges Fallen. Eine Sentenz nach dem römischen Dichter Ovid (43 v. bis 18 n. Chr.), die zum deutschen Sprichwort »Steter Tropfen höhlt den Stein« weiterentwickelt worden ist.

*H*ABEAT SIBI
Wörtlich: Er (oder: sie) habe es für sich selbst; bedeutet so viel wie: Soll er es für sich behalten, meinetwegen, von mir aus, er schreibe es sich selbst zu, er soll seinen Willen haben. Die Redewendung entstammt dem Alten Testament, 1. Buch Moses.

HABEMUS PAPAM
Wörtlich: Wir haben einen Papst. Nach der Wahl eines neues Papstes verkündet der Kardinaldiakon von der großen Loggia der Peterskirche zu Rom mit diesem Ruf den Namen des im Konklave neu gewählten Papstes. »Annuntio vobis magnum gaudium, Papam habemus.«

HABENT SUA FATA LIBELLI
Bücher haben ihre Schicksale. Ein zum Sprichwort gewordenes Zitat aus einem spätantiken Lehrgedicht.

HANNIBAL AD PORTAS
(nicht »ante portas«, wie oft falsch zitiert) Wörtlich: Hannibal an den Toren; gemeint sind die Tore Roms. Der karthagische Feldherr Hannibal erschien im Laufe des Zweiten Punischen Krieges, nachdem er fast ganz Unteritalien erobert hatte, 211 v. Chr. vor Rom. Eine Redewendung nach dem römischen Redner Cicero (106 bis 43 v. Chr.), die im Sinne einer unmittelbar drohenden Gefahr gebräuchlich ist. Findet sich auch bei dem Geschichtsschreiber Livius (49 v. bis 17 n. Chr.).

H. C.
siehe bei: Honoris causa.

HIC ET NUNC
Hier und jetzt.

HIC HAERET AQUA

Wörtlich: Hier hängt das Wasser. Die Redewendung bedeutet: Hier stockt es, hier geht es nicht weiter, hier ist kein Ausweg. Sie stammt von dem römischen Schriftsteller Cicero (106 bis 43 v. Chr.).

HIC RHODUS, HIC SALTA

Wörtlich: Hier (ist) Rhodus, hier springe. Zum Sprichwort gewordenes Zitat aus einer Fabel des altgriechischen Fabeldichters Äsop (um 550 v. Chr.). Aufforderung an einen Prahler und Aufschneider, sofort zu zeigen, was er wirklich vermag. Gemeint ist also: Hier gilt es, laß sehen, was du wirklich kannst.

HOMO HOMINI LUPUS

Der Mensch ist dem Menschen ein Wolf. Gemeint ist, daß der gefährlichste Feind des Menschen der Mensch selbst ist.

HOMO NOVUS

Wörtlich: der neue Mann. Gebräuchlich im Sinne von: Emporkömmling, Neureicher.

HOMO SAPIENS

Wörtlich: der weise Mensch, der mit Verstand begabte Mensch. Zugleich wissenschaftlicher Name für die heute lebende Menschenart.

HOMO SUI IURIS

Wörtlich: ein Mann seines Rechtes. Bedeutet: einer, der sein eigener Herr ist.

HOMO SUM, HUMANI NIHIL A ME ALIENUM PUTO

Ich bin ein Mensch, nichts Menschliches ist mir fremd. Sprichwort nach einem Drama des römischen Lustspieldichters Terenz (gest. 159 v. Chr.).

HONORIS CAUSA

Wörtlich: Wegen der Ehre - ehrenhalber. Besonders

bekannt in der Abkürzung h. c., die an ehrenhalber verliehene Doktortitel angefügt wird.

HORA RUIT

Wörtlich: die Stunde eilt. Ein Sinnspruch über die Flüchtigkeit der Zeit, der auf den niederländischen Rechtsgelehrten und Staatsmann Hugo Grotius (de Groot, 1583 bis 1645) zurückgeht.

HORRIBILE DICTU

Schrecklich zu sagen, es auszusprechen.

HORRIBILE VISU

Schrecklich anzusehen.

HORROR VACUI

Wörtlich: Grauen vor dem Leeren. Einer uralten Vorstellung nach besteht eine natürliche Abneigung, ein Grauen vor dem luftleeren Raum. Das Wort wird auch verwendet in der Bedeutung: Angst vor dem Nichts.

IBIDEM
Ebenda; oftmals abgekürzt mit: ib.
ID EST
Das ist, das heißt; oftmals abgekürzt mit i.e.
IGITUR
Daher, darum, deshalb, deswegen.
IGNI ET FERRO
Wörtlich: Mit Feuer und Eisen; gemeint ist: Mit Feuer und Schwert (ausrotten).
IGNIS ET AQUAE INTERDICTIO
Wörtlich: Untersagung des Feuers und Wassers. Mit dieser Formel wurde im alten Rom die Verbannung über jemanden ausgesprochen.
IGNORABIMUS
Wir werden (es) nie wissen. Ausdruck für die Auffassung, daß es für den menschlichen Geist Grenzen des Erkennens gibt, die nicht überschreitbar sind.
ILIACOS INTRA MUROS PECCATUR ET EXTRA
Wörtlich: Innerhalb und außerhalb der Mauern von Ilium (= Troja) wird gesündigt. Das heißt: Fehler werden auf beiden Seiten gemacht. Diese Sentenz ist ein Zitat nach dem römischen Dicher Horaz (65 bis 8 v. Chr.). Siehe auch bei Extra muros, bzw.: Intra muros.
ILIAS POST HOMERUM
Wörtlich: eine Ilias nach Homer. Der Ausdruck bedeutet, daß es überflüssig ist, nach dem Epos »Ilias« des Homer noch eine weitere »Ilias« zu dichten. Die »Ilias« ist eines der großen Epen, die dem griechischen Dichter Homer (sagenhaft) zugeschrieben werden. Sie behandelt Kämpfe der Griechen vor Troja.
ILLICITE
Unerlaubt, unstatthaft.

IMITATIO CHRISTI

Nachahmung, Nachfolge Christi. Unter dem Titel »Nachfolge Christi« erschien im 15. Jahrhundert eine Schrift, als deren Verfasser der niederrheinische Augustinerchorherr Thomas von Kempen, allerdings nicht unbestritten, gilt.

IMPRIMATUR

Wörtlich: es darf gedruckt werden. Mit diesem Wort gibt der Verleger dem Drucker bekannt, daß die letzte Korrektur an einem Schriftsatz erfolgt ist und nunmehr mit dem Druck begonnen werden kann. Auch als Druckerlaubnis von Zensurbehörden zu verstehen.

IMPRIMI POTEST

Es kann gedruckt werden. Grundsätzlich im selben Sinne zu verstehen wie: Imprimatur; gebräuchlich für die Druckerlaubnis von seiten geistlicher Vorgesetzter.

IN ABSENTIA

In Abwesenheit (des Angeklagten).

IN ABSTRACTO

Wörtlich: im Abstrakten. Bedeutet: rein begrifflich gedacht, rein theoretisch, abgesehen von der Wirklichkeit, im allgemeinen betrachtet, an und für sich.

IN AETERNUM

Auf ewig, für immer.

IN BACCHO ET VENERE

Wörtlich: Im Sinne des Bacchus und der Venus. Bacchus ist der römische Weingott, Venus die römische Liebesgöttin. Gemeint ist mit der Redewendung: im Trinken und im Lieben; beim Wein und bei den Frauen.

IN CAMERA CARITATIS

Wörtlich: In der Kammer der Zuneigung. Gemeint

ist: unter wohlgemeinter Verschwiegenheit, unter vier Augen (gesagt).

IN CARITATE SERVIRE

In Liebe (zum Nächsten) dienen. Bekannt als Wahlspruch des jeweiligen Erzbischofs von Wien.

INCIPIT

Wörtlich: es beginnt. Vermerk am Anfang alter Handschriften oder Drucke. Gegensatz: Explicit.

IN CONCRETO

Wörtlich: im Konkreten. Bedeutet: im einzelnen Fall, im besonderen, in Wirklichkeit, im gegenständlichen Falle, praktisch: In abstracto.

IN CONTINUO

Im fortlaufenden; in ununterbrochenem Zusammenhang.

IN CONTUMACIAM

Wörtlich: Auf die Widersetzlichkeit hin. Wird nur im Zusammenhang mit einer Verurteilung gebraucht, wenn der Beschuldigte, sei es aus Widerspenstigkeit oder anderen Gründen, nicht vor Gericht erscheint und unwiderleglich verurteilt werden kann.

IN CORPORE

Wörtlich: in einem Körper. Bedeutet: insgesamt, als Körperschaft, gemeinsam, geschlossen, zusammen.

IN CURIA

An öffentlicher Stelle, beim Amt.

INDEX LIBRORUM PROHIBITORUM

Verzeichnis der verbotenen Bücher, wie es von der römisch-katholischen Kirche zusammengestellt worden war.

INDICTA CAUSA

Ohne Verhör, ohne Gerichtsverfahren, ohne Verteidigung.

IN DUBIO
Im Zweifelsfall.

IN DUBIO PRO REO
Wörtlich: Im Zweifel für den Angeklagten. Altlateinisches Sprichwort aus dem Gewohnheitsrecht, das zu einem Rechtsgrundsatz geworden ist. Wenn ein Kläger keine ausreichenden Beweise für die Schuld des Angeklagten erbringen kann, ist der Angeklagte unschuldig.

IN DULCI IUBILO
Wörtlich: in süßem Jubel, mit großer Freude; Anfang eines Weihnachtsliedes aus der Zeit der sogenannten deutsch-lateinischen Mischpoesie nach einer Handschrift des 14. Jahrhunderts. Die Wendung ist später abgewertet worden zur Bedeutung: in Saus und Braus.

IN DUPLO
In zweifacher Ausfertigung, doppelt.

IN EFFIGIE
Im Bilde, bildlich, nicht wirklich, im übertragenen Sinne.

IN EXTENSO
Wörtlich: in ausgedehnter Weise; ausführlich, in vollem Umfang.

IN EXTREMIS
Wörtlich: in den äußersten. Bedeutet: am Ende, am Schluß sein, in den letzten Zügen (liegen).

IN FIDEM
Zur Beglaubigung, zur Bestätigung (einer Sache).

IN FLAGRANTI
Wörtlich: im brennenden (Zustand). Eine bildliche Ausdrucksweise, abgeleitet vom Ertappen bei Brandstiftungen. Später ausgeweitet auf jedes Verbrechen, bei dem der Täter »auf frischer Tat« ertappt wird.

IN GENERE

Wörtlich: in der (ganzen) Gattung. Bedeutet: im allgemeinen, überhaupt.

IN HOC SIGNO VINCES

Wörtlich: In diesem Zeichen wirst du siegen. Der Legende nach soll der römische Feldherr Konstantin (nachmals Kaiser) vor seinem Sieg über Maxentius 312 n. Chr. am Himmel das Zeichen des Kreuzes mit dieser Inschrift erblickt haben. So erzählt es Eusebius, Bischof von Cäsarea (263 bis 339 n. Chr.), welcher auch »Vater der Kirchengeschichte« genannt wird.

IN HONOREM

Zu Ehren.

IN INFINITUM

Bis ins Unbegrenzte, bis ins Unendliche, ohne Ende, grenzenlos.

IN INTEGRUM

restituieren bedeutet: den früheren, unverletzten Rechtszustand wiederherstellen.

IN MANDATIS

Im Auftrag.

IN MARGINE

Am Rande.

IN MEDIAS RES

Wörtlich: Mitten in die Dinge (hinein); der Ausdruck bedeutet: um gleich auf den Kern einer Angelegenheit zu kommen, ein Thema ohne Umschweife aufgreifen, zur Sache kommen. Die Redewendung ist bei dem römischen Dichter Horaz (65 bis 8 v. Chr.) in seiner »Ars poetica« zum Ruhme Homers belegt.

IN MEMORIAM

Zum Gedächtnis, in Erinnerung an, zum Andenken.

IN MORA

Im Rückstand, säumig.

IN NATURA

Wörtlich: in der Natur, in der natürlichen Gestalt; bedeutet: so wie eine Sache ist, wirklich, leibhaftig, in Form von Naturallieferungen.

IN NATURALIBUS

Natürlich, ganz im Zustand der Natur, nackt.

IN NEXU

Im Zusammenhang.

IN NOMINE

Im Namen, im Auftrag.

IN NUCE

Wörtlich: In einer Nuß. Gemeint ist: kurzgefaßt, in wenigen Worten, in knapper Form, schlagwortartig ausgedrückt, in Kürze, im wesentlichen, im Kern. Der Ausdruck wird dem römischen Schriftsteller Plinius d. Ä. (23 bis 79 n. Chr.) zugeschrieben und soll sich auf eine Handschrift der »Ilias« bezogen haben (siehe bei: Ilias . . .), die in einer Nußschale Platz fand.

IN OBSCURO

Im Dunkel, im Verborgenen, geheim.

IN OPTIMA FORMA

In bester Form.

IN PARTIBUS INFIDELIUM

Wörtlich: im Gebiete der Ungläubigen. Als Zusatz zu einem Bischofstitel mit I.P.I. abgekürzt, wenn vormals christliche Landschaften durch Andersgläubige in Besitz genommen wurden, verzichtete die Kirche nicht auf die ehemals erworbenen Ansprüche; sie hielt sie dadurch fest, daß sie auch weiterhin Bischöfe weihte, die für derartige Bischofsitze, an denen gar nicht amtiert werden konnte, bestimmt waren. Daher die Institution der sogenannten Titularbischöfe, wie sie seit der Verordnung des Papstes Leo XIII. 1881 genannt wurden. Titularbischof ist also das Oberhaupt eines Bistums, das noch nicht oder nicht mehr besteht. Der Titel wird daher auch ironisch in der Bedeutung »ohne Funktion« verwendet.

IN PERPETUAM MEMORIAM

Zum ewigen Gedenken.

IN PERPETUUM

Fort und fort, auf immer.

IN PERSONA

Persönlich, selbst, in eigener Person.

IN PLENO

Wörtlich: im vollen (Umfang); in der Vollversammlung voller Zahl, Menge, vollzählig, insgesamt.

IN PONTIFICALIBUS

Im feierlichen geistlichen Kleid, im vollen Ornat, in priesterlicher Amtstracht.

IN PRAXI

In der Praxis, in Wirklichkeit, im wirklichen Leben; gebräuchlich zum Beispiel als: rein theoretisch hast du recht, aber in praxi sieht die Sache anders aus . . .

IN PRINCIPIO ERAT VERBUM

Im Anfang war das Wort. Beginn des Evangeliums nach Johannes, des sogenannten Prologs, der eigentlich einen frühchristlichen Hymnus darstellt. Man vergleiche: Goethes Faust I (Studierzimmer).

IN PUNCTO

Wörtlich: im Punkte; bedeutet: in betreff, hinsichtlich, was . . . betrifft.

IN PUNCTO PUNCTI

Wörtlich: Im Punkte des Punktes. Gemeint ist: hinsichtlich des sechsten Gebots; was die Keuschheit betrifft.

IN PURIS NATURALIBUS
Im reinen Naturzustand, ohne alle Verhüllung, nackt.
IN SALVO
In Sicherheit.
IN SITU
Wörtlich: in der (natürlichen) Lage; an Ort und Stelle, an der richtigen, ursprünglichen Stelle; da, wo etwas sein soll.
IN SPE
In Hoffnung auf, zukünftig. Zum Beispiel: Schwiegersohn in spe.
IN SPECIE
In Hinblick auf, insonderheit.
IN SPIRITUALIBUS
In geistlichen Dingen.
IN STATU NASCENDI
Wörtlich: im Zustand des (geboren) Werdens; im Entstehen (begriffen).
IN STATU, QUO
Im gegenwärtigen Zustand, unverändert.
IN STATU, QUO ANTE
Im früheren Zustand; im Zustand, in dem sich eine Sache vorher befand.
IN SUMMA
Zusammengefaßt, alles zusammen, alles in einem, im ganzen, insgesamt, summarisch.
IN SUSPENSO
Zweifelhaft, unentschieden, unklar, in Schwebe, noch nicht entschieden, noch nicht geklärt.
IN TERGO
Auf der Rückseite.
INTER ARMA CARITAS
Zwischen den Waffen (inmitten der . . .) Nächsten-

liebe – das ist die Losung des Genfer Roten Kreuzes.

INTER ARMA SILENT LEGES

Wörtlich: Zwischen Waffen schweigen die Gesetze. Das Sprichwort wird zitiert nach dem römischen Schriftsteller und Staatsmann Cicero (106 bis 43 v. Chr.), und zwar auch in der Formel: Inter arma silent musae – Im Waffenlärm schweigen die Musen, die Künste.

INTER NOS

Wörtlich: zwischen uns; gemeint ist: unter uns (gesagt).

INTER POCULA (LAETI)

Wörtlich: Zwischen den Bechern (froh); der Ausdruck bedeutet: Frohsinn beim Weine, Trinken in Gesellschaft stimmt fröhlich. Eine Redewendung nach dem römischen Dichter Vergil (70 v. bis 19 v. Chr.).

INTIMUS

Davon abgeleitet »intim«: vertraut, innig, gemütlich – ein sehr enger Freund; die Mehrzahl ist Intimi, die weibliche Form Intima.

IN TIRANNOS (auch: TYRANNOS)

Gegen die Machthaber, gegen Unterdrückung. Wahlspruch Ulrich von Huttens zu Beginn des 16. Jahrhunderts in seinem Kampf gegen den Herzog von Württemberg; von Schiller ursprünglich als Motto für seine »Räuber« gewünscht.

INTRA MUROS

Innerhalb der Mauern; im übertragenen Sinne: im eigenen Kreis, untereinander, nicht öffentlich. Siehe auch bei: Extra muros.

IN TRIPLO

In dreifacher Ausfertigung, dreifach.

IN USUM DELPHINI

Siehe bei: Ad usum delphini.

INVENIT

Abgekürzt: inv. heißt: (er) hat (es) erfunden; wird dem Namen des entwerfenden Künstlers auf Kupferstichen hinzugefügt.

IN VERBA MAGISTRI

Schwören – auf die Worte des Meisters schwören, auf die Autorität eines Lehrers oder Vorgesetzten hin vertrauen.

IN VINO VERITAS

Im Weine (ist) Wahrheit. Gemeint ist, daß ein Betrunkener die Wahrheit sagt und Geheimnisse ausplaudert. Nach einem griechischen Sprichwort entstanden.

IPSE DIXIT

Wörtlich: Er selbst hat (es) gesagt. Mit dieser Formel sollen sich laut Cicero (106 bis 43 v. Chr.) die Schüler des etwa um 500 v. Chr. lebenden griechischen Philosophen Pythagoras auf ihren Lehrer und Meister berufen haben.

IPSISSIMA VERBA (oder: VOX)

Mit ureigenen Worten, genau dem Wortlaut nach.

IPSO FACTO

Durch die Tat selbst, durch die Tatsache selbst, eigenmächtig.

IPSO IURE

Durch das Recht selbst, ohne weiteres, von rechtswegen, an und für sich.

IS FECIT, HUIC PRODEST

Getan hat es der, dem es nützt. Ein Grundsatz der Kriminalistik, wonach der vermutliche Täter derjenige ist, der einen Vorteil aus einer Tat hat. Siehe auch bei: Cui bono?

ITEM

Wörtlich: ebenso. Bedeutet auch: ebenfalls, wenn schon, kurzum.

ITE, MISSA EST

Wörtlich: Gehet (hin), es wird gesandt. Schlußformel der lateinischen Meßliturgie, die üblicherweise mit: Gehet: es ist die Entlassung, übersetzt wurde. Neueren Forschungen nach soll der volle Wortlaut: Ite, missa est Eucharistia geheißen haben – Gehet, die Eucharistie wird gesandt, d.h. daß die Fortgehenden das eucharistische Brot zu den Brüdern mitnehmen sollten.

IUCUNDI ACTI LABORES

Wörtlich: Angenehm die getane Arbeit, daß heißt: es ist angenehm, eine Arbeit hinter sich zu haben, nach getaner Arbeit fühlt man sich wohl. Altrömisches Sprichwort, das schon von Cicero (106 bis 43 v. Chr.) verwendet wurde. So übersetzt auch Wilhelm Busch: Gehabte Schmerzen, die hab' ich gern (Abenteuer eines Junggesellen).

IURARE IN VERBA MAGISTRI

Auf die Worte des Lehrers schwören; das heißt: kritiklos annehmen, blind auf etwas vertrauen. Siehe auch: In verba magistri.

IUSTITIA FUNDAMENTUM REGNORUM

Die Gerechtigkeit ist die Grundlage der Königreiche. Wahlspruch des Kaisers Franz I. von Österreich (1804 bis 1835) als Inschrift auf dem Burgtor (Heldendenkmal) an der Wiener Ringstraße.

IUS PRIMAE NOCTIS

Wörtlich: das Recht der ersten Nacht. Im Mittelalter das (angebliche) Recht des Feudalherren auf die Brautnacht seiner weiblichen Leibeigenen. Scheint auf den uralten Volksglauben zurückzugehen, wonach dieses »Ius primae noctis« von Göttern oder Dämonen ausgeübt wird, weil diese erste Nacht für das neugetraute Ehepaar als gefährlich galt und daher oft Fremden abgetreten wurde.

IUXTA

Wörtlich: daneben. In verdeutschter Form: Juxte, das ist jener Streifen an Wertpapieren oder Losen, der abgetrennt wird, um zu gegebener Gelegenheit die Echtheit durch die Übereinstimmung der Trennflächen zu kontrollieren.

LABOR IMPROBUS
Wörtlich: die unablässige Arbeit, die harte Arbeit, auch: tägliche, unverdrossene Mühe.

LABOR OMNIA VINCIT IMPROBUS
Unverdrossene Arbeit besiegt alles. Eine Sentenz nach dem römischen Dichter Vergil (70 v. bis 19 v. Chr.) aus seinen berühmten »Georgica«.

LACRIMAE CHRISTI
Wörtlich: Tränen Christi. Man versteht darunter einen hellen Rotwein aus der sogenannten Lacrima-Traube vom Abhang des Vesuvs. Im Weinhandel werden auch manche anderen und nicht nur Rotweinsorten mit dieser Bezeichnung angeboten.

LAPSUS
Fehler, Versehen, Irrtum, Schnitzer.

LAPSUS CALAMI
Schreibfehler. Wörtliche Bedeutung: Ausgleiten der Rohrfeder.

LAPSUS LINGUAE
Sprechfehler (nicht: Sprachfehler!), Irrtum beim Sprechen durch Gebrauch eines falschen oder verletzenden Ausdrucks.

LAPSUS MEMORIAE
Gedächtnisfehler.

LATERNA MAGICA
Wörtlich: Zauberlaterne. Ein Projektionsapparat, der 1650 von dem Jesuitenpater Athanasius Kircher erfunden worden ist, für Glasdiapositive.

LAUDATIO
Lobrede (auf Preisträger, auch auf Verstorbene).

LAUDATOR TEMPORIS ACTI
Lobredner der Vergangenheit; ein Ausdruck aus der

»Ars poetica« des römischen Dichters Horaz (65 bis 8 v. Chr.).

LAUDES

Wörtlich: Lobreden, Preisungen. In Italien des 13. bis 17. Jahrhunderts gab es geistliche Lieder im Volkston, die angeblich auf Franz von Assisi zurückgehen – der sich somit als Vorläufer moderner chansonsingender Patres ausweist. Außerdem wird mit diesem Wort das Morgengebet des katholischen Breviers bezeichnet, das jeder Priester täglich zu beten hat.

LEGE ARTIS

Nach den Regeln der Kunst, vorschriftsmäßig, kunstgerecht.

LEGIBUS SOLUTUS

Von den Gesetzen entbunden. In feudalen Zeitaltern waren die Herrschenden den bestehenden Gesetzen nicht unterworfen.

LEX IMPERFECTA

Unvollständiges Gesetz. Ein Gesetz, das im Fall des Übertretens keine rechtlichen Folgen vorsieht.

LEX MIHI ARS

Die Kunst (ist) mir Gesetz. Wahlspruch launiger Künstler.

LIBERTAS ET IUSTITIA

Freiheit und Gerechtigkeit, Devise der USA.

LIBERUM ARBITRIUM

Freier Wille, freie Willensentscheidung, freies Ermessen.

LICENTIA DOCENDI

Die Erlaubnis, auf Hochschulen Vorlesungen zu halten. Siehe auch bei: Venia legendi.

LICENTIA POETICA

Dichterische Freiheit. Ein Ausdruck, der auf Seneca (um 4 v. Chr. bis 65 n. Chr.) zurückgeht.

LICET

Es ist erlaubt, es steht frei.

LIMBUS PATRUM

Bedeutet: Umgrenzung der Väter. Gemeint ist »Abrahams Schoß« nach dem Lukas-Evangelium 16, 22. Nach römisch-katholischer Lehre waren die Seelen der Frommen des Alten Testaments nicht fähig, in den Himmel einzugehen. Sie kamen daher in den Limbus = Vorhölle. Limbus heißt wörtlich: Grenze, Rand, Saum.

LIMBUS PUERORUM (auch: INFANTIUM)

Bedeutet: Umgrenzung der Kinder. Nach römisch-katholischer Lehre sind auch die ungetauft verstorbenen Kinder von Christen zwar ohne Schuld, jedoch nicht geeignet, in den Himmel aufgenommen zu werden.

LOCI COMMUNES

Gemeinplätze, abgedroschene Redensarten.

LOCO CITATO

Am angeführten Ort, abgekürzt oftmals: l.c.

LOCO LAUDATO

Wörtlich: am gelobten Ort; in der Bedeutung von: Am angeführten Ort, Stelle in einem Buch, abgekürzt: l.l.

LOCO SIGILLI

Am Ort, anstelle des Siegels; abgekürzt: l.s.

»Locus sigilli« ist der Platz des Siegels auf Dokumentformularen. »Loco sigilli« auf Abschriften von Dokumenten bedeutet: anstelle des (Original-) Siegels.

LOCUS, A QUO

Ort, wo der Aussteller eines Wechselpapiers wohnt.

LOCUS, AD QUEM

Ort, an dem ein Wechsel zahlbar ist.

LOCUS DELICTI

Ort, wo das Verbrechen begangen wurde.

LOCUS MINORIS RESISTENTIAE

Ort des geringeren Widerstandes, wunder Punkt, Achillesferse.

LUCUS A NON LUCENDO

Wörtlich: Wald (wird Wald genannt) vom nicht leuchtend sein. Quintilian (um 35 bis 95 n. Chr.) stellt die Behauptung auf, daß einige Begriffe von ihren Gegenteilen stammen – Wald: lucus, leuchten: lucere. Als spöttische Verkehrung vergleiche man bei: Canis a non canendo.

LUPUS IN FABULA

Wörtlich: Der Wolf in der Fabel. Ausruf angesichts eines unvermutet Auftauchenden, von dem gerade die Rede war; also im Sinne von: Wenn man vom Wolfe spricht, ist er nicht weit, oder: Wenn man von der Sonne spricht, schickt sie ihre Strahlen. Das Zitat ist überliefert bei dem Lustspieldichter Terenz (190 bis 159 v. Chr.) in »Adelphi«.

MAGNA CHARTA

Wörtlich: die große Karte. Gemeint ist der Große Freibrief, der unter dem Namen »The Great Charter« dem englischen König Johann ohne Land 1215 von Adel und Geistlichkeit abgezwungen wurde. Die Magna Charta bildet das Staatsgrundgesetz Englands, demzufolge Adel und Klerus besondere Vorrechte genossen.

MAGNA CUM LAUDE

Mit großem Lob; Bezeichnung von Prüfungsergebnissen an Hochschulen und Universitäten.

MAGNIFICAT

Wörtlich: Hoch preist (meine Seele den Herrn). Anfang des Lobgesanges Mariens nach dem Lukas-Evangelium, 1, 46–55.

MAIOR DOMUS

Wörtlich: Oberer des Hauses. Mit diesem Titel wurde der oberste Hofbeamte des fränkischen Königsgeschlechtes der Merowinger bezeichnet. Aus den »Hausmeiern« der letzten merowingischen Könige, die auch Befehlshaber des Heeres waren, ging das Geschlecht der Karolinger hervor.

MALLEUS MALEFICARUM

Wörtlich: Hammer der Übeltäterinnen (Hexen). 1487 erschien die Schrift »Hexenhammer« von Jakob Sprenger. Unter Einbeziehung der Hexenbulle des Papstes Innozenz VIII. von 1484 wird darin das Hexenwesen dargestellt und eine Anleitung zu seiner Bekämpfung gegeben. Die Schrift löste nicht zuletzt eine Flut von Hexenverfolgungen aus.

MANU PROPRIA

Mit eigener Hand, eigenhändig; Hinweis darauf, daß nur die Originalausfertigung eines Schriftstückes mit eigener Hand unterschrieben worden ist; abgekürzt m.p.

MANUS MANUM LAVAT

Wörtlich: Hand wäscht Hand. Diese lateinische Formel entspricht dem deutschen Wort: Eine Hand wäscht die andere. Sentenz nach dem römischen Philosophen Seneca (1 bis 65 n. Chr.).

MATER DOLOROSA

Schmerzensmutter. Bezeichnung für Maria, die Mutter Jesu, im Schmerz über die Leiden ihres Sohnes. Der Ausdruck stammt wahrscheinlich von Jacopone da Todi (1230 bis 1306), der eine Sequenz mit dem Anfang »Stabat mater dolorosa« dichtete. Auch Kunstwerke werden so bezeichnet.

MATER MAGNA

Wörtlich: große Mutter. So wurde die ursprünglich phrygische Göttin Kybele genannt, die die Fruchtbarkeit der Erde symbolisierte. Sie galt dann auch als Mutter der Götter. Ihre Verehrung artete schließlich in orgiastische Dienste aus.

MEA CULPA, MEA CULPA, MEA MAXIMA CULPA

Wörtlich: Meine Schuld, meine Schuld, meine größte Schuld. Stelle aus dem »Confiteor« (Schuldbekenntnis) am Beginn der katholischen Meßliturgie. Die dreimalige Wiederholung des Wortes »culpa« bezieht sich auf die Sünden in Gedanken, Worten und Werken.

MEDIAS IN RES

Siehe bei: In medias res.

MED. UNIV.

gekürzt für Medicinae universalis: der gesamten Heilkunde. Dr. med. univ. ist die Bezeichnung für den »praktischen« Arzt.

MEMENTO MORIENDUM ESSE

Wörtlich: Sei eingedenk, daß zu sterben ist; oftmals verkürzt zu: Memento mori – vermutlich verballhornt nach mittelalterlichem Mönchslatein.

MENS SANA IN CORPORE SANO

Wörtlich: In einem gesunden Körper (wohnt) ein gesunder Geist, eine gesunde Seele. Heute versteht man diese Sentenz dahin, daß einem gesunden Körper auch ein gesunder Geist entsprechen müsse. In der Antike wurde darunter eine Anrufung der Götter verstanden, sie mögen einem Kinde sowohl einen gesunden Körper als auch eine gesunde, das heißt tapfere Gesinnung schenken. Sentenz nach Juvenal (60 bis 140 n. Chr.).

MENTE CAPTUS

Wörtlich: Im Geiste gefangen; bedeutet also: geistig beschränkt, blöde, des Verstandes beraubt, begriffsstutzig.

MILES GLORIOSUS

Wörtlich: Ruhmreicher Krieger. Gemeint ist der ruhmredige Kriegsmann, der Prahler und Aufschneider, der Maulheld. Auch eine Komödie des römischen Dichters Plautus (gest. 184 v. Chr.) trägt diesen Titel.

MINIMA DE MALIS

Wörtlich: das Geringste von den Übeln. Eine sprichwörtlich gewordene Wendung nach dem römischen Staatsmann Cicero (106 bis 43 v. Chr.), wobei die volle Form: Ex malis eligere minima lautete und unserer Redeweise »Von zwei Übeln das kleinere wählen« entspricht.

MISERA PLEBS

Wörtlich: das arme Volk. Der volle Wortlaut dieses Ausdrucks ist: misera contribuens plebs, also: das arme, steuerzahlende Volk. Das Wort geht zurück auf die »Satiren« des Horaz (65 bis 8 v. Chr.) und findet sich in der angegebenen Form bei dem ungarischen Juristen Verböczi (1514).

MISSIO CANONICA

Wörtlich: kanonische Sendung. Es handelt sich dabei um eine kirchlich rechtsgültige Lehrbefugnis für den Religionsunterricht, wozu bestimmte theologische Studien Voraussetzung sind.

MIXTUM COMPOSITUM

Wörtlich: zusammengesetztes Gemischtes. Das heißt: wirres Durcheinander, Mischmasch, Allerlei.

MODUS PROCEDENDI

Verfahrensweise; Art und Weise, wie eine Sache weiterbehandelt werden soll.

MODUS VIVENDI

Wörtlich: eine Art zu leben; bedeutet: Art und Weise eines halbwegs erträglichen Miteinander-Auskommens, leidliches Verhältnis; wie man trotz verschiedener Standpunkte toleranterweise nebeneinander leben kann.

M.P.

Siehe bei: Manu propria.

MORS PORTA VITAE

Der Tod (ist die) Pforte des Lebens. Das Wort ist als Grabinschrift überliefert.

MOTU PROPRIO

Wörtlich: durch eigene Bewegung; aus eigenem Antrieb. Unter einem »Motuproprio« ist auch ein päpstlicher Erlaß zu verstehen, der ohne besonderes Ansuchen gegeben wird.

MULIER TACEAT IN ECCLESIA

Die Frau hat in der Kirche (Gemeinde) zu schweigen. Das Zitat entspricht einer Stelle im 1. Korintherbrief des Apostels Paulus (14, 34), wo es heißt: »Eure Weiber mögen schweigen in der Gemeinde«.

MULTUM, NON MULTA

Viel, (aber) nicht vielerlei. Sinnwort nach Plinius d. J. (61 bis 113 n. Chr.).

MUNDUS VULT DECIPI (ERGO DECIPIATUR)

Die Welt will betrogen sein (daher sei sie betrogen). Eine Redewendung aus dem ausgehenden Mittelalter, bezeichnend für den damals um sich greifenden Verfall der Sitten.

MUTATIS MUTANDIS

Wörtlich: nach Änderung des zu Ändernden. Die Formel wird gebraucht, wenn es sich um Vergleiche handelt, und bedeutet soviel wie: den gegebenen Verhältnissen entsprechend, sinngemäß, im Vergleich zu einer anderen Sache, mit Berücksichtigung der Verschiedenheiten, mit den notwendigen Änderungen.

NARRATA REFERO

Ich berichte (nur) Erzähltes. Ich sage nur, was mir gesagt worden ist. Siehe auch bei: Relata refero.

NATURALIA NON SUNT TURPIA

Natürliches ist keine Schande. Man braucht sich natürlicher Dinge wegen nicht zu schämen. Eine Sentenz nach dem altgriechischen Dramatiker Euripides (480 bis 406 v. Chr.).

NATURA NON FACIT SALTUS

Die Natur macht keine Sprünge. Das heißt: In der Natur geht alles allmählich, einer organischen Entwicklung entsprechend vor sich. Der Ausdruck stammt von dem schwedischen Naturforscher Carl von Linné (1707 bis 1778). Der Gedanke findet sich schon bei Comenius und Leibniz.

NAVIGARE NECESSE EST, VIVERE NON EST NECESSE

Schiffahrt ist nötig, leben nicht. Inschrift am Haus der Seefahrt in Bremen. Der griechische Historiker Plutarch (40 bis 120 n. Chr.) berichtet von dem römischen Feldherrn Pompeius (106 bis 48 v. Chr.), daß er als Verantwortlicher für die Getreideversorgung Roms aus vielen Gegenden des Mittelmeeres Korn für die Hauptstadt herbeiführen habe lassen. Vor einer dieser Fahrten brach ein heftiges Unwetter aus, so daß die Seeleute nicht abfahren wollten. Pompeius soll in das Schiff gesprungen sein und den Befehl zur Ausfahrt mit dem zum Sprichwort gewordenen Satz gegeben haben.

NE BIS IN IDEM

Wörtlich: Nicht zweimal gegen dasselbe. Grundsatz des Strafrechts, wonach eine Tat nicht neuerlich verklagt werden darf, wenn sie schon rechtskräftig abgeurteilt worden ist. Nach einem rechtskräftigen Urteil darf nicht noch einmal ein Strafverfahren in derselben Sache eingeleitet werden.

NEC ASPERA TERRENT

Auch Widerwärtigkeiten schrecken nicht.

NEMO ANTE MORTEM BEATUS

Niemand ist vor (seinem) Tode glücklich (zu preisen). Ein Sinnspruch nach Ovid (43 v. bis 18 n. Chr.). Als der reiche König Krösus von Lydien (546 v. Chr.) den griechischen Weisen Solon nach dem glücklichsten Menschen fragte, soll er diese Antwort erhalten haben.

NEMO IUDEX IN CAUSA SUA

Niemand (kann) Richter (sein) in seiner eigenen Angelegenheit. Dieser Grundsatz entspricht ältestem Rechtsdenken.

NERVUS RERUM

Wörtlich: der Nerv der Dinge. Im übertragenen Sinn: der Kern der Sache, auch Geld.

NIHIL HUMANI A ME ALIENUM PUTO

Siehe bei: Homo sum, humani nihil a me alienum puto.

NIHIL NOVI SUB SOLE

Nichts Neues unter der Sonne. Eine Wendung aus dem Alten Testament (Prediger Salomo).

NIHIL OBSTAT

Es steht nichts im Wege; dagegen ist nichts einzuwenden. Eine Art Imprimatur (siehe dort)-Vermerk in Werken geistlicher Verfasser.

NIL ADMIRARI

Sich über nichts wundern; diese Wendung findet sich bei Horaz (65 bis 8 v. Chr.). Es soll sich um eine Maxime des altgriechischen Philosophen Pythagoras als Ausdruck wunschloser Weisheit handeln.

NOLENS VOLENS

Wörtlich: nichtwollend wollend. Im Sinne von: ob gern oder ungern, ob man will oder nicht, unwillkürlich, zwangsläufig, automatisch. Ein Ausdruck, der auf die Schriften des heiligen Augustinus (354 bis 430) zurückgeht.

NOLI ME TANGERE

Rühre mich nicht an. Worte des auferstandenen Christus an Maria Magdalena nach dem Neuen Testament (Johannes 20, 17). In der Malerei werden auch Darstellungen der Bibelszene so bezeichnet, wo Jesus der Maria Magdalena erscheint.

NOLI TURBARE CIRCULOS MEOS

Störe meine Kreise nicht. Der römische Historiker Livius (59 v. bis 17 n. Chr.) berichtet, daß der griechische Mathematiker Archimedes (287 bis 212 v. Chr.) diese Worte den römischen Soldaten entgegenrief, die bei der Eroberung von Syrakus in sein Haus eindrangen und ihn erschlugen, als er gerade durch Zeichnungen im Sand ein geometrisches Problem zu lösen suchte.

NOMEN ET (ATQUE, oder EST) OMEN

Wörtlich: Name und Vorbedeutung; Name ist (zugleich) Vorbedeutung. Nach dem altrömischen Komödiendichter Plautus (254 bis 184 v. Chr.) gebräuchlich. Die Phrase will sagen, daß der Name zugleich Vorbedeutung, und zwar mit Bezug auf die bezeichnete Person, haben kann.

NOMINA SUNT ODIOSA

Wörtlich: Namen sind verhaßt, verpönt. Eine Wendung nach dem römischen Schriftsteller und Staatsmann Cicero (106 bis 43 v. Chr.), die besagt, daß es in manchen Fällen besser ist, keine Namen zu nennen.

NON CONFUNDAR IN AETERNUM

Nicht werde ich zuschanden werden in Ewigkeit; aus dem letzten Vers des Tedeums, des kirchlichen Lobgesanges aus dem 4. Jahrhundert. Man vergleiche unter: Te deum . . .

NON DOLET, PAETE

Es schmerzt nicht, Paetus. Der Römer Caecina Paetus wurde zum Tode verurteilt, weil man ihn einer Verschwörung gegen Kaiser Claudius bezichtigte. Daraufhin stieß sich seine Gattin Arria einen Dolch in die Brust, zog diesen wieder heraus und bot ihn Paetus mit diesem Ruf an. Diese unsterbliche Tat und Redewendung wird uns von dem älteren und jüngeren Plinius sowie bei Martial überliefert.

NONDUM

Noch nicht; es hat noch Zeit; es ist noch nicht genug (erreicht). Dieses einfache lateinische Wort ist überliefert als erste Devise Kaiser Karls V.

NON ERAT HIS LOCUS

Vollständiger Wortlaut: Sed nunc non erat his locus – Aber jetzt hatten diese keinen Platz. Gemeint ist, daß etwas nicht am Platze war. Die Sentenz entstammt dem Werk des römischen Dichters Horaz (65 bis 8 v. Chr.).

NON LIQUET

Wörtlich: es ist nicht klar; hier besteht eine Unklarheit.

NON MODO . . . SED ETIAM

Nicht nur . . . sondern auch . . .

NON MULTA, SED MULTUM

Nicht vielerlei, sondern viel.

NON OLET

Wörtlich: es stinkt nicht. Angeblicher Ausspruch des Kaisers Vespasian (69 bis 79 n. Chr.); der Sohn des

Kaisers, nämlich Titus, machte dem Vater Vorhaltungen wegen der Steuer, die er auf Bedürfnisanstalten gelegt hatte. Vespasian hielt dem Sohn das erste Geld aus dieser Steuer unter die Nase und fragte ihn, ob es stinke. Als Titus verneinte, meinte der Kaiser: Und dennoch ist es aus Harn. Heute wird damit eine Auffassung bezeichnet, die Gelderwerb als solchen als nicht zu verachten ansieht, gleichgültig, wodurch immer ein solcher Erwerb zustande komme.

NON POSSUMUS

Wir können nicht; wir können nicht anders; es ist unmöglich. Auch Weigerungsformel der römischen Kurie gegenüber weltlichen Mächten.

NON PLUS ULTRA

Nicht mehr darüber hinaus; im Sinne auch von: das ist das höchste der Gefühle; mehr geht beim besten Willen nicht; das Unübertreffbare. Bezog sich ursprünglich auf das Ende der der Antike bekannten Seewege an den sogenannten »Säulen des Herkules«, einem Felsengebirge bei Gibraltar.

NON SCHOLAE, SED VITAE DISCIMUS

Nicht für die Schule, sondern für das Leben lernen wir. Ein sehr gebräuchlicher Ausspruch nach dem römischen Philosophen und Tragödiendichter Seneca d.J. (1 bis 65 n. Chr.).

NON SERVIAM

Ich will nicht dienen. Dieses Wort wird dem Erzengel Luzifer zugeschrieben, als er sich mit seinen Scharen gegen Gott erhob.

NOTA BENE

Merke (es) wohl; wohlgemerkt; man achte darauf. Gebräuchlich in der Abkürzung N.B.

NUDA VERITAS

Die nackte Wahrheit.

NULLA POENA SINE LEGE

Keine Strafe ohne Gesetz. Ein Grundsatz des Strafrechts, der praktisch von allen Kulturstaaten anerkannt wird.

NULLUM CRIMEN SINE LEGE

Kein Verbrechen ohne Gesetz; keine Anklage ohne Gesetz. Demnach ist Strafe nur dann möglich, wenn ein gesetzlich bezeichneter und strafbarer Tatbestand vorliegt.

NUMERUS CLAUSUS

Wörtlich: die geschlossene Zahl. Gemeint ist: beschränkte Zahl, begrenzte Zulassung.

NUNC EST BIBENDUM

Jetzt soll man trinken; im Sinne von: jetzt ist es an der Zeit, Feste zu feiern. Eine Wendung aus den »Oden« des römischen Dichters Horaz (65 bis 8 v. Chr.).

ODI PROFANUM VULGUS (ET ARCEO)
Ich hasse die ungebildete Menge (und halte sie mir fern). Zitat aus den »Oden« des Horaz (65 bis 8 v. Chr.).
OLIM
Einst. Gebräuchlich in dem Ausdruck: seit Olims Zeiten; gemeint ist: vor undenklich langer Zeit, seit jeher, schon immer.
OMNES UNA MANET NOX
Auf alle wartet ein und dieselbe Nacht; im Sinne von: allen steht ein und dasselbe bevor. Die Wendung entstammt den berühmten »Oden« des Horaz (65 bis 8 v. Chr.) und ist Ausdruck einer eher pessimistischen Lebenshaltung.
OMNIA MEA MECUM PORTO
Alles, was ich habe, trage ich in mir. Eine Sentenz des altgriechischen Weisen Bias, die Cicero (106 bis 43 v. Chr.) berichtet.
OMNIA VINCIT AMOR
Alles wird von Amor (der Liebe) besiegt. Ein Sinnspruch nach dem römischen Dichter Vergil (70 bis 19 v. Chr.).
OPINIO COMMUNIS
Die allgemeine Meinung, die herrschende Meinung.
ORA ET LABORA
Bete und arbeite. Regel und Grundsatz des Benediktinerordens.
ORA PRO NOBIS
Bitte für uns. Antwortformel der Gemeinde beim Beten von Litaneien.
ORBIS PICTUS
Wörtlich: gemalte Welt. Der tschechische Pädagoge Comenius (1592 bis 1670) begründete eine religiös

betonte Erziehungslehre und gab auch ein Buch unter dem Titel »Orbis pictus« heraus – ein Schulbuch, das mittels Bildern anschaulich zu wirken vermag.

ORBIS TERRARUM

Erdkreis, die weite Welt, das Erdenrund.

O SANCTA SIMPLICITAS

O heilige Einfalt. Angeblicher Ausruf des tschechischen Reformators Jan Hus (1369 bis 1415), der im Verlaufe des Konzils von Konstanz auf dem Scheiterhaufen verbrannt wurde. Er soll diese Worte gebraucht haben, als er sah, wie eine alte Frau im frommen Übereifer noch ein Stück Holz für den Scheiterhaufen herbeitrug.

O TEMPORA O MORES

O Zeiten, o Sitten! Ein sehr kritischer Ausspruch des römischen Schriftstellers Cicero (106 bis 43 v. Chr.) bei der Betrachtung der wechselvollen Zeitumstände und seiner Zeitgenossen.

OTIUM CUM DIGNITATE

Ruhe mit Würde; Muße mit Würde. Ein Ausdruck, der von Cicero (106 bis 43 v. Chr.) geprägt wurde und auf die wohlverdiente Ruhe eines lange Jahre Schaffenden angewendet wird; eine Ruhe, die von der Würde begleitet ist, die ein erfahrungsreiches Leben gibt.

PACEM VOLO, BELLUM PARO

Den Frieden will ich, (daher) rüste ich zum Krieg. Angeblich Wahlspruch des hl. Augustinus (Kirchenvater, 354 bis 430). Gegen Ende des 4. Jahrhunderts findet sich bei Vegetius das Zitat: Qui desiderat pacem, praeparet bellum – wer den Frieden wünscht, möge den Krieg vorbereiten.

PACTA SUNT SERVANDA

Verträge (Bündnisse) müssen eingehalten werden.

PANEM ET CIRCENSES (DARE)

Wörtlich: Brot und Zirkusspiele (geben). Das altrömische Proletariat erwartete von den jeweiligen Machthabern, mit Essen und Vergnügungen versorgt zu werden. Nur dann schenkte es den Betreffenden seine Gunst. Das Wort ist auch im Sinne von Käuflichkeit und Bestechung zu verstehen; es ist von dem römischen Dichter Juvenal (60 bis 140 n. Chr.) überliefert.

PAR ET IMPAR

Gleich und ungleich.

PAR NOBILE FRATRUM

Ein edles Brüderpaar. Ironisch gemeintes Zitat aus den »Satiren« des römischen Dichters Horaz (65 bis 8 v. Chr.).

PARS PRO TOTO

Wörtlich: der Teil für das Ganze. Gemeint ist, daß anstelle eines Gesamtbegriffes sprachlich ein Teilbegriff verwendet wird, zum Beispiel: Herd statt Heim, Brot statt Nahrung usw.

PARTA TUERI

Das Erworbene zu wahren wissen. Eine Wendung aus der »Ars amandi« (siehe dort) des römischen Dichters Ovid (43 v. bis 18 n. Chr.), ein früher Anklang an das Goethe-Wort: Was du er-

erbt von deinen Vätern hast, erwirb es, um es zu besitzen.

PARTURIUNT MONTES, NASCETUR RIDICULUS MUS

Es kreißen die Berge, zur Welt kommen wird eine lächerliche Maus. Das Zitat hat etwa die gleiche Bedeutung wie das deutsche Sprichwort: Viel Lärm um nichts. Die lateinische Form stammt aus der »Ars poetica« des Horaz (65 bis 8 v. Chr.).

PASSIM

Überall, da und dort verstreut. Hinweisformel auf wiederholte Erwähnung eines Begriffs, auf den ein Register in wissenschaftlichen Werken hinweist.

PATER FAMILIAS

Der Vater der Familie. Im alten Rom war der Familienvater von großer gesellschaftlicher Bedeutung, da er in seinen Verfügungen über die Familienmitglieder nahezu uneingeschränkt war.

PATER PATRIAE

Vater des Vaterlandes. Titel, der vom römischen Senat dem Staatsmann Cicero (106 bis 43 v. Chr.) erstmals verliehen wurde und bedeutende verdienstvolle Männer im öffentlichen, staatlichen Leben ehrend benennen soll.

PATER, PECCAVI

Vater, ich habe gesündigt. Der Satz wird auch im Sinne von Schuldbekenntnis schlechthin verwendet. Er entstammt dem Evangelium des Lukas (15, 21).

PATER SEMPER INCERTUS EST

Wörtlich: der Vater ist immer ungewiß. Zu verstehen im Sinne: Vaterschaft ist nie mit Sicherheit nachweisbar.

PATRIAE IN SERVIENDO CONSUMOR

Im Dienst am Vaterland werde ich aufgezehrt.

Bekanntgeworden als Wahlspruch Fürst Bismarcks.

PATRIA POTESTAS

Väterliche Gewalt. Bezeichnet jene Rechte, die dem Vater über die Person und das Vermögen noch nicht volljähriger Kinder zustehen.

PAX ROMANA

Der römische Friede, hin und wieder auch sarkastisch-ironisch gebraucht in dem Sinne, daß das äußere Bild (Papsttum, Kurie, etc.) täuscht; die Adjektive sind beliebig austauschbar. – Auch Name der Weltvereinigung christlicher Akademiker.

PAX TECUM

Der Friede sei mit dir. Übersetzung des üblichen morgenländischen Grußes.

PAX VOBISCUM

Der Friede sei mit euch. Liturgische Formel, auch als Grußwort verwendbar.

P. C. N.

Siehe bei: Post Christum natum.

PECCATUR INTRA ET EXTRA

Wörtlich: Drinnen und draußen wird gesündigt. Eine Sentenz nach Horaz (65 bis 8 v. Chr.), die sich auf die Stadt Troja bezog und praktisch »Beide Seiten haben Schuld« bedeutet.

PECUNIA NON OLET

Geld (Geldeswert) stinkt nicht. Man vergleiche auch unter: Non olet . . .

PER ASPERA AD ASTRA

Über rauhe (Wege) zu den Sternen. Analog zum deutschen Sprichwort: Durch Nacht zum Licht. Der Ausdruck dürfte in Anlehnung an den römischen Philosophen Seneca (1 bis 65 n. Chr.) geprägt worden sein.

PER DECRETUM

Laut Verfügung, durch Verfügung, durch einen Erlaß.

PEREAT (oder PEREANT)

Er (sie) möge(n) zugrunde gehen! Nieder mit ihm (ihnen)! Ein Ausdruck der Beschimpfung, der aus der Studentensprache stammt.

PEREAT MUNDUS

Soll die Welt verderben! Die Wendung kann man analog zum Sprichwort: Nach uns die Sintflut verstehen.

PER EXEMPLUM

Zum Beispiel. Wird gerne abgekürzt mit: p.e.

PER FAS ET NEFAS

Durch Recht und Unrecht; auf erlaubte und unerlaubte Weise; wie immer; gleichgültig, ob Recht oder Unrecht; unter allen Umständen.

PERGE

Fahre so fort, setze fort. Auch als besondere Verstärkung nach: et cetera (etc.) gebraucht, und zwar abgekürzt als: etc. pp.

PERICULUM IN MORA

Gefahr im Verzuge, es droht Gefahr. Sentenz nach dem römischen Schriftsteller Livius (59 v. bis 17 n. Chr.).

PER MAIORA

Durch Stimmenmehrheit.

PER NEFAS

Widerrechtlich, auf unerlaubte Weise, zu Unrecht.

PER PEDES (APOSTOLORUM)

Zu Fuß – nämlich: wie die Apostel.

PERPETUUM MOBILE

Wörtlich: das unaufhörlich sich Bewegende. Vorstellung einer Maschine, die ohne jede Antriebskraft oder Energiezuleitung immerfort Arbeit zu leisten vermag. Seit alter Zeit bemühten sich die Erfinder immer wieder, eine solche Maschine herzustellen, doch ist ihre Unmöglichkeit durch das Gesetz von der Erhaltung der Energie längst erwiesen.

PER PROCURA

In Vollmacht, in Vertretung, anstelle von; die Abkürzung lautet: pp. oder ppa.

PER RESCRIPTUM PRINCIPIS

Durch Verfügung des Fürsten. Eine Formel, die besagt, daß ein Landesherr Gesetze und Verfügungen erlassen konnte, so wie er wollte; dies traf besonders im Zeitalter des Absolutismus (17. bis 18. Jahrhundert) zu.

PER SE

Durch sich, in der Bedeutung von: von selbst, an sich.

PERSONA GRATA

Beliebte Person; einer, der in Gunst steht; gerne gesehen. Bezeichnet auch einen in einem fremden Staat tätigen Diplomaten oder Gesandten, der zur Ausübung seiner Mission zugelassen ist.

PERSONA GRATISSIMA

In höchster Gunst stehende Person; ein sehr willkommener Mensch.

PERSONA INGRATA

Eine in Ungnade gefallen Person; unbeliebt, nicht gern gesehen. Ein Diplomat, der seine Tätigkeit einstellen muß.

PIA CAUSA

Fromme Stiftung, milde Gabe. Wörtlich eigentlich: aus frommer Ursache (Ablativ).

PIA DESIDERIA

Fromme Wünsche, unerfüllbare Wünsche.

PIA FRAUS

Frommer Betrug; eine Lüge, die aus Schonung für den Belogenen geschieht; Täuschung zu einem guten

Zweck; Selbsttäuschung. Zitat nach dem römischen Dichter Ovid (43 v. bis 18 n. Chr.).

PIAE MEMORIAE

Frommen Angedenkens, seligen Andenkens.

PINXIT

Hat (dies) gemalt. Abgekürzt: pinx. oder nur pxt. Maler vermerken auf ihren Gemälden meist ihren Namen unter Hinzusetzung dieses Wortes oder seiner Abkürzung.

PLACET

Es gefällt; es wird genehmigt; es ist in Ordnung. Auch im Sinn von »Erlaß« eines weltlichen oder geistlichen Oberen. Sein »Placet« geben, heißt: mit etwas einverstanden sein.

PLENO IURE

Mit vollem Recht.

PLENO TITULO

Mit vollem Titel, häufig abgekürzt bei Anreden mit: P.T. Siehe auch: Pro titulo.

PLENUS VENTER NON STUDET LIBENTER

Wörtlich: Ein voller Bauch studiert nicht gern. Ein altes lateinisches Sprichwort – wohl mittelalterlicher Prägung, da gereimt – aus reicher pädagogischer Erfahrung.

PLURALIS MAIESTATICUS (oder MAIESTATIS)

Wörtlich: Mehrzahl der Majestät, majestätische Mehrzahl.So wird die Redeweise eines Hochgestelten (Kaiser, König, Papst) bezeichnet, der nur in der Wir- statt Ich-Form von sich selber spricht.

PLURALIS MODESTATIS (MODESTIAE)

Wörtlich: Mehrzahl der Bescheidenheit. Wenn der Plural, das heißt die Wir-Form in der Redeweise aus Bescheidenheit (zum Beispiel von einem Schriftsteller) gebraucht wird.

PLUS ULTRA

Darüber hinaus; immer noch mehr. Wahlspruch des römisch-deutschen Kaisers und Königs von Spanien Karl V. (1500 bis 1558), in dessen Reich bekanntlich »die Sonne nicht unterging«. Titel einer Novelle von Gertrud von Le Fort (1876–1971).

POETA LAUREATUS

Ein mit Lorbeer (Lorbeerkranz) gekrönter Dichter. Ehrentitel für einen bedeutenden Dichter, der üblicherweise mit einem Lorbeerkranz ausgezeichnet wurde. Der Titel war auch mit gewissen Rechten verbunden. Man vergleiche dazu Goethes »Torquato Tasso«.

PONS ASINI

Wörtlich: Brücke des Esels. Gemeint ist jede Weisung für einen Unerfahrenen oder Dummen, um ihm vor allem beim Studium auftretende Schwierigkeiten bewältigen zu helfen.

POST CENAM STABIS, AUT MILLE PASSUS MEABIS

Nach dem Essen sollst du ruhn oder tausend Schritte tun. Das Sprichwort findet sich in der lateinischen Form in Johann Wolfgang von Goethes »Götz von Berlichingen«.

POST CHRISTUM NATUM

Nach Christi Geburt. Hier sei der Hinweis gestattet, daß man in der freien Rede oftmals »nach Christi« hört, was grundfalsch ist; dann eben »nach Christus«.

POSTERI

Nachkommen.

POSTERIORA

Spätere Ereignisse; Geschehnisse, die hinterher folgten; auch scherzhaft: der Hintere.

POST FESTUM

Wörtlich: nach dem Fest. In der Bedeutung von: erst hinterher, zu spät.

POST HOC, ERGO PROPTER HOC

Wörtlich: Nach diesem, also darum. Damit soll ein Gedankengang, ein logischer Schluß als fehlerhaft bezeichnet werden, weil man aus der zeitlichen Aufeinanderfolge von zwei Erscheinungen auf deren ursächlichen Zusammenhang schließen zu können glaubt. Kurz zu verstehen im Sinne von: nachher, und nicht daher.

POST MERIDIEM

Nach dem Mittag, nachmittags; abgekürzt: p.m. im Englischen gebräuchlich.

POST MORTEM

Nach dem Tode (eintretend, geschehend, sich ereignend).

POST NUBILA PHOEBUS

Wörtlich: Nach den Wolken (kommt) Phoebus; das heißt: die Sonne. Vollständig lautet die Wendung: Post maxima nubila Phoebus, nach mächtigen Wolken erscheint Phoebus, und entstammt einem Gedicht W. Langlands aus der Mitte des 14. Jahrhunderts. Sie erschien schon in der Sprichwörtersammlung des Sebastian Franck und ging in Volksliedtexte ein.

POST SCRIPTUM

Nachschrift, schriftlicher Zusatz. Wenn einem bereits unterschriebenen Brief noch eine nachzutragende Mitteilung fehlt, schließt man sie unter »Postscriptum«, abgekürzt P.S. noch an.

POST URBEM CONDITAM

Siehe bei: Ab urbe condita.

PRAEMISSIS PRAEMITTENDIS

Wörtlich nach Vorausschickung des Vorauszuschikkenden; nämlich der Anrede, des Titels usw., abgekürzt auch P.P. Ferner in der Bedeutung von: man nehme an, vorausgeschickt, daß ...

PRAEMISSO TITULO

Nach Vorausschickung des Titels. Abgekürzt auch: P. T. in Anschriften, Überschriften usw.

PRAETER PROPTER

Ungefähr, in etwa.

PRIMA FACIE

Beim ersten Anschein. Im Rechtswesen als besonderer Ausdruck verwendet: z.B. ein Prima facie-Beweis.

PRIMO LOCO

An erster Stelle. Ein im Hochschulwesen üblicher Ausdruck, wenn bei Besetzung eines Lehrstuhls, einer Professur verschiedene Bewerber vorgeschlagen werden. Die Bewerber werden nach Primo, secundo, tertio loco gereiht.

PRIMUS INTER PARES

Der Erste unter Gleichgestellten.

PRINCIPIIS OBSTA

Widerstehe den Anfängen! Ein Zitat nach dem römischen Dichter Ovid (43 v. bis 18 n. Chr.).

PRO ARIS ET FOCIS

Wörtlich: für Altar und Herd. Ursprünglich ein Aufruf zum Kampf für die engere Heimat, nach dem römischen Schriftsteller Cicero (106 bis 43 v. Chr.).

PROBATUM EST

Es ist bewährt; es ist erprobt; es hilft mit Sicherheit. Man spricht von einem »probaten« Mittel.

PROCUL NEGOTIIS

Fern von Geschäften, fern von Mühen. Siehe auch bei: Beatus ille qui ...

PRO DOMO

Wörtlich: für das Haus. In der Bedeutung von: für

sich selbst, im eigenen Interesse. Wird gebraucht im Zusammenhang mit mehr oder minder verschleierter Tat oder Rede, die nur dem eigenen Vorteil dienen soll. Die Redewendung entstammt dem Werk von Cicero (106 bis 43 v. Chr.).

PRO ET CONTRA

Für und wider; was für und gegen etwas spricht.

PRO FORMA

Der Form wegen. In der Bedeutung von: um einer Sache äußerlich Genüge zu tun, bloß zum Schein.

PRO IUVENTUTE

Für die Jugend. Name einer Stiftung.

PRO LOCO

Wörtlich: für die Stelle. Bedeutet: anstelle, anstatt.

PRO MEMORIA

Zur Erinnerung an, zum Gedächtnis. Unter einem Promemoria versteht man auch eine Eingabe an eine Behörde; im weiteren Sinne eine Denkschrift.

PRO PATRIA

Für das Vaterland.

PRO PATRIA EST DUM LUDERE VIDEMUR

Für das Vaterland ist (geschieht) es, wenn wir (auch) zu spielen scheinen. Nach Lipperheides Spruchwörterbuch von 1907 Wahlspruch des englischen Jockey-Clubs.

PROPRIA CAUSA

In eigener Angelegenheit.

PRO SIT

Es nütze; es schlage gut an; wohl bekomm's, zum Wohl - Trinkspruch wie auch beim Niesen. Verdeutschung: Prost.

PRO TITULO

Anstelle des Titels; bei allgemeinen Anzeigen, Hinweisen und Mitteilungen. Abgekürzt: P.T.

P.S.
Siehe bei: Post scriptum.
P.T.
Siehe bei: Pleno titulo, praemisso titulo, pro titulo.
PULVIS ET UMBRA SUMUS
Staub und Schatten sind wir. Ein Ausspruch aus den »Carmina« des Horaz (65 bis 8 v. Chr.).
PUNCTUM PUNCTI
Wörtlich: der Punkt des Punktes. Also: der Hauptpunkt, die Hauptsache. Im moralischen Bereich ist damit alles im Zusammenhang mit dem Sechsten Gebot gemeint. Gebräuchlich auch in finanzieller Hinsicht.
PUNCTUM SALIENS
Wörtlich: der springende Punkt. Der Kernpunkt; der Punkt, auf den es ankommt; der entscheidende Punkt. Der Ausdruck findet sich schon bei dem griechischen Philosophen Aristoteles (384 bis 322 v. Chr.).

QUAE MEDICAMENTA NON SANANT, FERRUM SANAT, QUAE FERRUM NON SANAT, IGNIS SANAT

Was die Medizin nicht heilt, heilt das Eisen; was das Eisen nicht heilt, heilt das Feuer. Lateinische Form eines Grundsatzes des griechischen Arztes Hippokrates (um 400 v. Chr.); oftmals in übertragener Bedeutung angewendet, so auch als Motto zu Friedrich Schillers »Die Räuber«.

QUAE NOCENT, DOCENT

Was schadet, lehrt. Entspricht dem deutschen »Durch Schaden wird man klug«.

QUASI

Gleichsam, so als wenn, gewissermaßen.

QUID IURIS

Was ist rechtens?

QUID NOVI

Wörtlich: was des Neuen. In der Bedeutung von: Was gibt es Neues?

QUIDQUID AGIS, PRUDENTER AGAS ET RESPICE FINEM

Was du tust, tue es klug und bedenke den Ausgang. Diese Sentenz findet sich in den »Gesta Romanorum« (siehe dort).

QUIDQUID DELIRANT REGES, PLECTUNTUR ACHIVI

Alles, was die Könige anstellen, müssen die Achäer (die Völker) büßen. Ein Zitat aus dem Werk von Horaz (65 bis 8 v. Chr.).

QUIETA NON MOVERE

Was ruht, soll man nicht bewegen (aufrühren): Laß Vergangenes vergangen sein.

QUI PRO QUO
Wörtlich: wer für wen. Das »Quiproquo« bedeutet: Mißverständnis, Verwechslung von Personen, besonders in Lustspielen.

QUI TACET, CONSENTIRE VIDETUR
Wer schweigt, scheint zuzustimmen. Das gilt allerdings nur dann, wenn einer hätte offen reden können, was in einer Diktatur praktisch unmöglich ist.

QUIS UT DEUS
Wer ist wie Gott. Dem Erzengel Michael in seinem Widerstreit gegen Lucifer in den Mund gelegt.

QUOD BONUM, FELIX
FAUSTUMQUE SIT
Was gut, glücklich und gesegnet sei. Alte Segensformel.

QUOD DEUS AVERTAT
Was Gott verhüten möge.

QUOD DEUS BENE VERTAT
Was Gott zum Guten wenden wolle.

QUOD ERAT DEMONSTRANDUM
Wörtlich: was zu beweisen war. Die Schlußformel der Beweisführung des griechischen Mathematikers Euklid (um 300 v. Chr.), auch Vater der Geometrie genannt, die in den allgemeinen Sprachgebrauch eingegangen ist.

QUOD LIBET
Wörtlich: was gefällt. Als »Quodlibet« wird buntes Durcheinander, willkürliche Auswahl bezeichnet, aber auch humoristische Gesangstücke mit lustigen Texten und wechselnden Melodien.

QUOD LICET IOVI, NON LICET BOVI
Wörtlich: Was dem Jupiter erlaubt ist, ist dem Ochsen (noch lange) nicht erlaubt. In der Bedeutung von: eines schickt sich nicht für alle. Ein altrömisches

Sprichwort, das bestimmte Rechte von einem bestimmten Stand abhängig macht.

QUOD NON EST IN ACTIS, NON EST IN MUNDO

Was nicht in den Akten ist (steht), ist nicht in der Welt (bekannt). Ein Grundsatz im früheren Rechtsverfahren, wonach für den Richter nichts existiert, was nicht schriftlich verzeichnet ist. Auch ein bequemes Losungswort für überlastete Beamte ...

QUOD SCRIPSI SCRIPSI

Was ich geschrieben habe, habe ich geschrieben. Ausspruch des römischen Statthalters Pilatus gegenüber den Juden, die mit der Inschrift für das Kreuz Jesu nicht einverstanden waren. Nach dem Johannes-Evangelium (19, 22).

QUOS EGO

»Die (werde) ich ...!« So drohte der Meeresgott Neptun den Winden, wie uns der römische Dichter Vergil (70 bis 19 v. Chr.) in seiner Dichtung »Äneis« berichtet.

QUOT HOMINES, TOT SENTENTIAE

So viele Menschen, so viele Meinungen; entspricht der deutschen Form: Viel Köpf', viel Sinn. Ein Zitat nach dem römischen Komödiendichter Terenz (gestorben 159 v. Chr.).

QUOT CAPITA, TOT SENSUS

So viele Köpfe, so viel Sinne. Oder auch: Je mehr Leute, um so mehr – verschiedene – Ansichten.

QUOUSQUE TANDEM ...?

Wie lange noch? Das sind die Anfangsworte der ersten Rede des römischen Staatsmannes Cicero (106 bis 43 v. Chr.) gegen den Verschwörer Catilina. Cicero gab damit der Ungeduld Ausdruck, die sich der römischen Öffentlichkeit wegen der Übergriffe Catilinas bemächtigt hatte.

QUO VADIS?

Wohin gehst du? Zitat nach dem Evangelium des Johannes (13, 36), wonach Petrus an Jesus diese Frage stellt. Der vollständige Wortlaut ist Domine, quo vadis? »Quo vadis« ist auch der Titel des weltberühmten Romans vor dem Hintergrund der neronischen Christenverfolgung von dem polnischen Schriftsteller Henry Sienkiewicz (1848 bis 1916).

RARA AVIS

Ein seltener Vogel; also ein Mensch, wie es ihn nur selten gibt. Der Ausdruck findet sich schon bei dem römischen Dichter Horaz (65 bis 8 v. Chr.) und wurde wiederverwendet von Martin Luther. Man vergleiche beispielsweise auch den Ausdruck: ein weißer Rabe.

RATIO LEGIS

Der Sinn des Gesetzes, die Absicht des Gesetzgebers.

REBUS SIC STANTIBUS

Wörtlich: Da die Dinge so liegen. In der Bedeutung von: so wie die Dinge liegen, bei dieser Sachlage, auf Grund dessen.

RECTE

Richtig (soll es heißen), genauer Wortlaut, berichtigt.

REDDE MIHI LEGIONES

Gib mir (meine) Legionen zurück! soll Kaiser Augustus ausgerufen haben, als er die Nachricht von der vernichtenden Niederlage dreier römischer Legionen durch die Germanen im Teutoburger Wald (9 n. Chr.) erhielt. Der römische Schriftsteller Sueton (um 120 n. Chr.) gibt diesen Ausspruch in einer variierten Form wieder: Quinctili Vare, legiones redde! Quinctilius Varus war ein Feldherr des Augustus.

REFORMATIO IN PEIUS

Änderung eines Urteils – zum Nachteil dessen, der es angefochten hat. Eine solche Änderung ist nach der derzeit geltenden Prozeßordnung nicht erlaubt.

REGENS CHORI

Leiter eines (geistlichen) Chores, eines Kirchenchores.

RELATA REFERO

Wörtlich: ich berichte, (was mir) berichtet (worden ist). Damit will jemand zu erkennen geben, daß er persönlich für diese Mitteilung nicht einsteht. Man erwirkt dadurch allerdings keinen Rechtsschutz, sofern man jemand anderem durch eine solche unverbürgte Aussage schadet.

REPETITIO EST MATER STUDIORUM

Das Wiederholen ist die Mutter der Studien.

REQUIESCAT IN PACE

Er ruhe in Frieden. Liturgische Schlußformel aus der katholischen Seelenmesse; auch Grabinschrift.

RES ACCESSORIA

Nebensache. Wohl eine neulateinische Bildung.

RESEDA, MORBOS RESEDA

Wörtlich: Heile, heile die Krankheiten wieder. Da die Pflanze »Reseda« alten Arzneibüchern zufolge bei Entzündungen aufzulegen ist, sollte dieser Zauberspruch die Wirkung offenbar noch erhöhen. Man vergleiche auch das Kinderlied: Heile, heile Segen.

RESERVATIO MENTALIS

Gedanklicher Vorbehalt. Etwas, das man denkt, und zwar im Widerspruch, ohne aus auszusprechen. Wird oftmals geübt, hat aber in Rechtsfällen naturgemäß keine Bedeutung. Der Ausdruck findet sich erstmals 1645 in einer Schrift des Jesuiten Busenbaum.

RES DUBIA

Zweifelhafte Angelegenheit.

RES IUDICATA

Rechtskräftiges Urteil.

RES NULLIUS

Wörtlich: Niemandes Sache, in der Bedeutung von: herrenloses Gut.

RES OMNIUM COMMUNES

Dinge, die allen gemeinsam gehören.

RES PUBLICA

Wörtlich: öffentliche Sache; Gemeinwesen, Staat.

»Republik« als besondere Staatsform ist zwar abzuleiten, aber nicht unmittelbar gleichzusetzen mit Res publica.

RES SACRAE

Heiliges, geweihte Dinge; Dinge, die außerhalb profanen Hantierens stehen; Dinge, die gewissermaßen tabu sind.

RES SEVERA (EST) VERUM GAUDIUM

Eine ernste Sache (ist die) wahre Freude. Eine Sentenz nach dem römischen Philosophen Seneca d.J. (1 bis 65 n. Chr.).

RESTITUTIO IN INTEGRUM

Wiedereinsetzung in den vorigen (ursprünglichen) Stand; Aufhebung eines Nachteils.

REX REGNAT, SED NON GUBERNAT

Wörtlich: Der König herrscht, aber er regiert nicht. Bezeichnung für einen Regenten, der seine Pflichten gegenüber dem Volks nicht erfüllt.

RIDENTEM (im Munde des Zitierenden jedoch RIDENDO) DICERE VERUM

Lächelnd (sage ich) die Wahrheit sagen. Eine Wendung aus den »Satiren« des Horaz (65 bis 8 v. Chr.).

R.I.P.

Siehe bei: Requiescat in pace.

ROMA AETERNA

Die ewige (Stadt) Rom. Die Bezeichnung geht auf den römischen Lyriker Tibull (54 bis 19 v. Chr.) zurück.

ROMA LOCUTA, CAUSA FINITA

Rom hat gesprochen, die Sache ist erledigt (entschieden). Diese Redewendung wird zurückgeführt auf den Kirchenvater Augustinus (354 bis 430 n. Chr.) und bezieht sich auf päpstliche Entscheidungen.

RORATE COELI

Tauet Himmel (den Gerechten). Introitusvers aus der katholischen Meßliturgie des vierten Adventsonntags. »Roraten« werden auch die Frühmessen der katholischen Kirche im Advent genannt, die zu Ehren der Jungfrau Maria gefeiert wurden. Der Introitusvers stammt aus dem Alten Testament, Isaias 45, 8.

ROTA ROMANA

Wörtlich: römisches Rad. Es handelt sich um die Bezeichnung des höchsten Gerichtshofes der römisch-katholischen Kirche im Rahmen der römischen Kurie, der u.a. für kirchlich zu genehmigende Ehescheidungen zuständig ist.

SACRIFICIUM INTELLECTUS
Wörtlich: das Opfer des Verstandes. Gemeint ist die Anpassung an eine vorgeschriebene Lehre wider besseres Wissen. Demzufolge muß man der übermächtigen Obrigkeit gegenüber die Einsichten des Verstandes zurückstellen bzw. verleugnen, also opfern.

SALUS PUBLICA SUPREMA LEX (ESTO)
Die Staatswohlfahrt (sei) das höchste Gut (wörtlich: Gesetz, nämlich für die Herrschenden). Ein Grundsatz aus dem Werk des römischen Staatsmannes Cicero (106 bis 43 v. Chr.).

SALVA APPROBATIONE
Vorbehaltlich der Genehmigung.

SALVA RATIFICATIONE
Vorbehaltlich der Genehmigung.

SALVA VENIA
Mit Verlaub, mit Respekt zu sagen.

SALVE, REGINA
Sei gegrüßt, Königin. Beginn eines katholischen Gebetes, schon aus dem 11. Jahrhundert, zu Ehren Mariens. Vertont von dem neapolitanischen Komponisten Giovanni Pergolesi (1710 bis 1736).

SALVO ERRORE CALCULI
Mit Vorbehalt eines Rechenfehlers.

SALVO ERRORE ET OMISSIONE
Unter Vorbehalt von Irrtum und Auslassung, abgekürzt: S.E. & O.

SALVO HONORE
Unbeschadet der Ehre.

SALVO IURE
Unbeschadet des Rechts.

SALVO MELIORE
Unbeschadet einer besseren (Einsicht).

SALVO TITULO

Unter Vorbehalt des (richtigen) Titels.

SALVUS CONDUCTUS

Sicheres Geleit.

SANCTA SIMPLICITAS

Heilige Einfalt. Siehe auch bei: O sancta simplicitas; die Wendung geht aber auch schon auf die Kirchengeschichte des Eusebius zurück (gest. 340 n. Chr.).

SANCTUM OFFICIUM

Heiliges Amt. So wurde auch die Einrichtung der Inquisition bezeichnet.

SAPERE AUDE

Wage es, weise zu sein. Das Zitat stammt von dem römischen Dichter Horaz (65 bis 8 v. Chr.).

SAPIENS OMNIA SUA SECUM PORTAT

Der Weise trägt all sein Gut mit sich. Ein altgriechischer Weisheitsspruch, der auch bei Cicero (106 bis 43 v. Chr.) belegt ist.

SAPIENTI SAT (EST)

Dem Weisen (Verständigen) genügt es; für den Eingeweihten bedarf es keiner weiteren Erklärung. Ein Ausdruck nach dem Lustspieldichter Terenz (gest. 159 v. Chr.).

SAXA LOQUUNTUR

Die Steine reden. Der Ausdruck geht auf jene Kunstanschauung zurück, die aus den Werken der Bildenden Kunst die Aussage der betreffenden Epoche herausliest. Der Kunsthistoriker Marius Schneider spricht sogar von »singenden Steinen«.

SCILICET

Nämlich, zu ergänzen ist. Abkürzung: Sc., auch scil. und bedeutet: es versteht sich, freilich, natürlich. Der Ausdruck ist gebildet aus den lateinischen Wörtern: scire - verstehen, wissen und: licet - es ist erlaubt.

SCULPSIT
(Er) hat (es) gestochen. Vermerk auf Kupferstichen unter Nennung des Künstlernamens.
SECTIO AUREA
Der Goldene Schnitt. Ein Begriff aus Baukunst und Ornamentik. Man versteht darunter die stetige Teilung einer Strecke in der Weise, daß sich das kleinere Teilstück zum größeren so verhält wie dieses zur ganzen Strecke.
SEDES APOSTOLICA
Der Apostolische Stuhl, der päpstliche Stuhl (oder Thron).
SELLA CURULIS
Wörtlich: Wagensessel, Amtssessel der höheren Magistrate. Im antiken Rom thronten Konsuln und Prätoren auf einer derartigen »sella curulis«. In unserer Zeit benennt man öfter auch den Richterstuhl mit diesem Wort.
SEMPER ALIQUID HAERET
Immer bleibt etwas hängen. Teil aus einem Sprichwort, das im vollen Wortlaut: »Nur immer kühn verleumden, es bleibt immer etwas hängen« heißt. Eine Wendung, die von allen beachtet werden sollte, die über andere reden oder schreiben.
SEMPER AUGUSTUS
Wörtlich: Immer Augustus. Als erster römischer Kaiser benannte sich Oktavianus (63 v. bis 14 n. Chr.), Adoptivsohn Cäsars, mit dem Ehrennamen »Augustus«, das bedeutet: der Erhabene. Nach ihm nannten sich alle römischen Kaiser mit diesem Beinamen. Die mittelalterlichen Kaiser verstanden unter dem Titel »Semper Augustus« das, was als besondere Aufgabe des Kaisers angesehen wurde, nämlich »Mehrer des Reichs« zu sein.

SEMPER ET UBIQUE

Immer und überall.

SEMPER IDEM

Immer derselbe, oder: dasselbe. Redewendung nach Cicero (106 bis 43 v. Chr.), die sowohl lobend wie tadelnd verwendet werden kann. Xanthippe, die Frau des Sokrates, soll von ihrem Mann gesagt haben, daß sein Mienenspiel »immer dasselbe« sei.

SENATUS POPULUSQUE ROMANUS (oder: ROMANORUM)

Senat und Volk von Rom, der römische Staat. Gebräuchlich in der Abkürzung: S.P.Q.R.

SENSUS COMMUNIS

Wörtlich: allgemeiner Sinn. Gemeint ist: gesunder Menschenverstand, auch: Sinn für das Gemeinwohl.

SENTIRE CUM ECCLESIA

Wörtlich: mit der Kirche fühlen. Gemeint ist: in einer bestimmten Angelegenheit im Sinne der katholischen Kirche denken.

SERVUS

Diener; als bloßes »Servus« noch immer ein beliebtes Grußwort im österreichischen Raum. Erinnert sei an das bekannte Lied »Sag beim Abschied leise Servus . . . !« Man vergleiche auch die gebräuchlich gewesene Schlußformel in Briefen etc. »und verbleibe als Ihr gehorsamster Diener . . .«

SERVUS SERVORUM DEI

Wörtlich: Knecht der Knechte Gottes; Diener der Diener Gottes. Wird als ein Titel des Papstes geführt.

SIC!

So! Damit will man auf einen Irrtum oder auf irgend etwas Bedenkliches, etwa einen Widerspruch, besonders hinweisen.

SIC ITUR AD ASTRA

So steigt man zu den Sternen empor. Eine Sentenz aus der »Äneis« des römischen Dichters Vergil (70 bis 19 v. Chr.), die sich auf die Vollendung einer bedeutenden Tat bezieht und oft als Motto gebraucht wird.

SIC TRANSIT GLORIA MUNDI

So vergeht der Ruhm (Glanz) der Welt. Wenn ein neuer Papst zur Krönung in die Peterskirche einzieht, wird ihm zugerufen: »Pater sancte, sic transit gloria mundi.« Diese Formel wird gebraucht, um auf die Vergänglichkeit aller Güter und Ehren auf dieser Welt, seien sie noch so groß und prächtig, hinzuweisen.

SIC VOLO, SIC IUBEO

So will ich (es), so befehle ich (es). Anstatt einer Begründung wird der Wille als Motiv eines Befehls oder einer bestimmten Handlung bekanntgegeben. Die Wendung entstammt den »Satiren« des römischen Dichters Juvenal (60 bis 140 n. Chr.).

SI DUO FACIUNT IDEM

Wenn zwei dasselbe tun. Siehe bei: Duo quum faciunt . . .

SIGILLUM CONFESSIONIS

Wörtlich: Siegel der Beichte. Gemeint ist die Verpflichtung des Priesters zur Wahrung des Beichtgeheimnisses gegenüber jedermann: jedes in der Beichte ausgesprochene Bekenntnis steht unter dem strengen »Siegel« der Verschwiegenheit.

SIMILIA SIMILIBUS

Wörtlich: Ähnliches durch Ähnliches. Gemeint ist der Grundsatz der Homöopathie, wonach mit Arzneien behandelt wird, die im gesunden Körper ähnliche Symptome der jeweiligen Krankheit hervorrufen.

SINE IRA ET STUDIO

Ohne Zorn und Eifer; ohne Haß und Gunst. Bedeutet: vorurteilsfrei, objektiv, eine Sache in gelassener Weise besprechend. Die Wendung entstammt den »Annalen« des römischen Historikers Tacitus (um 55 bis 120 n. Chr.).

SINE LOCO ET ANNO

Ohne Ort und Jahr. Gewöhnlich wird bei Büchern auf der Titelseite oder im sogenannten »Impressum« angegeben, an welchem Ort und in welchem Jahr das Buch erschienen ist. Fehlt eine solche Angabe, so weist man mit dieser lateinischen Formel, abgekürzt s.l.e.a. auf diese Tatsache hin.

SINE TEMPORE

Wörtlich: ohne Zeit. Das heißt: daß eine Veranstaltung genau zur angegebenen Uhrzeit, und nicht etwa später, beginnt. Das Gegenteil hiervon siehe bei: Cum tempore.

SI PARVA LICET COMPONERE MAGNIS

Wenn es erlaubt ist, kleinere mit größeren (Dingen) zu vergleichen. Abgeleitet aus Vergils »Georgica« 4, 176, wo die Arbeit der Bienen mit jener der Zyklopen verglichen wird. Die Wendung kommt aber schon bei dem griechischen Geschichtsschreiber Herodot vor.

SI TACUISSES, PHILOSOPHUS MANSISSES

Wörtlich: Hättest du geschwiegen, wärest du (ein) Philosoph geblieben. Zitat nach dem römischen Schriftsteller Boethius (480 bis 524 n. Chr.), wobei es um die Figur eines Scheinphilosophen geht. Man gebraucht diese Formel auch heute noch, um zu sagen, daß einer durch Schweigen seine Unkenntnis verbergen kann. Tut er sich nicht mit Reden hervor, dann wird man ihn für weise halten; andernfalls blamiert er sich.

SIT VENIA VERBO

Wenn es erlaubt ist zu sagen ... Die Wendung entstand nach dem römischen Schriftsteller Plinius d. J. (61 bis 113 n. Chr.).

SI VIS PACEM, PARA BELLUM

Wenn du den Frieden willst, bereite den Krieg (vor). Siehe auch bei: Pacem volo ...

SOLA FIDE

Wörtlich: Einzig durch den Glauben. Auf diesem Grundsatz beruht die Rechtfertigungslehre Martin Luthers, wonach der Sünder allein durch den Glauben und nicht durch seine guten Werke gerettet wird.

SOLAMEN MISERIS SOCIOS HABUISSE MALORUM

Es ist ein Trost für Unglückliche, Leidensgenossen zu haben. Diese für viele wohl nicht sehr einsichtige Sentenz dürfte ursprünglich einer Fabel des griechischen Dichters Äsop (im 6. Jahrhundert v. Chr.) entstammen.

SOLI DEO GLORIA

Gott allein (gebührt) die Ehre.

SPIRITUS RECTOR

Leitender Geist, Seele einer Sache, treibende Kraft einer Unternehmung, führender Geist. Auch Titel für einen »geistlichen Leiter«.

S.P.Q.R.

Siehe bei: Senatus Populusque Romanus.

STABAT MATER (DOLOROSA)

Wörtlich: Es stand die Mutter; die Schmerzensmutter. Die leidende Mutter Jesu stand am Kreuz. Mit diesen Worten beginnt ein lateinischer Hymnus, der von Jacopone da Todi etwa 1300 gedichtet worden sein dürfte. Der Hymnus wurde oftmals vertont, so von Palestrina, Pergolesi, Rossini u.a.

STATUS NASCENDI

Wörtlich: Zustand des Werdens, des Entstehens. Bezeichnet das Stadium einer Sache, die noch nicht vollendet ist.

STATUS, QUO

Wörtlich: der Zustand, in dem (sich etwas befindet); gemeint ist: der Zustand wie vorher; es bleibt alles beim alten.

SUA SPONTE

Freiwillig, aus eigenem Antrieb.

SUAVITER IN MODO, FORTITER IN RE

Sanft in der Art, stark in der Sache (Tat). Der Ausspruch wird zurückgeführt auf den Jesuitengeneral Aquaviva, 1543 bis 1615.

SUB AUSPICIIS (PRAESIDENTIS)

Unter dem Ehrenschutz (des Präsidenten). Auszeichnende Formel bei Promotionen nach hervorragenden Prüfungsleistungen, die mit der Verleihung eines Ehrenringes verbunden sind.

SUB CONDITIONE

Unter der Bedingung, bedingungsweise.

SUB DIVO

Unter freiem Himmel.

SUB HASTA

Wörtlich: unter dem Hammer (eigentlich: der Lanze). Im antiken Rom wurde bei gerichtlichen Versteigerungen als Symbol der staatlichen Autorität eine Lanze aufgestellt.

SUB IUDICE

Wörtlich: unter dem Richter. Diese Formel wird gebraucht, wenn man von noch unentschiedenen Prozessen spricht.

SUB ROSA

Wörtlich: Unter der Rose. Die Rose ist das Sinnbild

der Verschwiegenheit. Jemand etwas »sub rosa« sagen, heißt, es ihm im Vertrauen sagen.

SUB SIGILLO CONFESSIONIS

Unter dem Beichtsiegel; siehe bei: Sigillum . . .

SUB SPECIE AETERNITATIS

Wörtlich: unter der Gestalt der Ewigkeit. Gemeint ist: im Lichte der Ewigkeit; unter der Voraussetzung unbeschränkter Dauer. Ausdruck, den der holländisch-jüdische Philosoph Baruch de Spinoza (1632 bis 1677) in seiner »Ethik« verwendet.

SUB UTRAQUE SPECIE

Unter beiderlei Gestalten. Das christliche Abendmahl, ursprünglich unter beiderlei Gestalt von Brot und Wein genossen, wurde im Laufe der Zeit auf das Abendmahl nur in Gestalt des Brotes eingeschränkt. Hussiten und »Utraquisten« forderten schon im 15. Jahrhundert erneut das Abendmahl unter beiderlei Gestalten.

SUB VOCE

Wörtlich: unter der Stimme; in der Bedeutung von: unter dem Wort, unter dem Stichwort. Bei Verweis auf ein Wörterbuch, abgekürzt: s.v.

SUI GENERIS

Wörtlich: von seiner eigenen Art. Bedeutet: von eigener Art, von besonderer Art, nicht wie sonst, eine Klasse für sich darstellend, einzigartig.

SUMMA CUM LAUDE

Mit höchstem Lob. Auszeichnende Beurteilung einer (akademischen) Prüfungsleistung.

SUMMA SUMMARUM

Wörtlich: die Summe (aller) Summen. Bedeutet: alles in allem, alles zusammen, insgesamt. Die Formel entstammt dem Werk des römischen Komödienschreibers Plautus (gest. 184 v. Chr.).

SUMMUM BONUM

Das höchste Gut. Ein Ausdruck des Thomas von Aquin (um 1225 bis 1274) für Gott.

SUMMUM IUS SUMMA INIURIA

Wörtlich: Das strengste Recht (ist oft zugleich) höchste Ungerechtigkeit. Gemeint ist, daß das auf die Spitze getriebene Recht in vielen Fällen Unrecht bedeuten kann. Die Sentenz stammt von dem römischen Staatsmann Cicero (106 bis 43 v. Chr.).

SUMMUS EPISCOPUS

Oberster Bischof. Eine Bezeichnung für Landesherren, die zugleich in ihrem Herrschaftsgebiet die oberste Kirchenleitung innehatten. Auch ein Titel des Papstes.

SUNT CERTI DENIQUE FINES

Es gibt schließlich (allerdings) bestimmte Grenzen. Man siehe auch bei: Est modus in rebus . . .

SUNT PUERI!

Es sind Knaben (Kinder). Ein geflügeltes Wort der Entschuldigung ohne belegbare Quelle, das aus den Lateinschulen der frühen Neuzeit stammen könnte.

SURSUM CORDA!

Aufwärts die Herzen! Erhebet eure Herzen! Zuruf aus der römischen Meßliturgie bei Beginn der Präfation.

SUUM CUIQUE

Jedem das Seine. Ein Zitat nach dem römischen Schriftsteller Cicero (106 bis 43 v. Chr.), das aber auch als Ausspruch des älteren Cato (234 bis 149 v. Chr.) reklamiert wird. Friedrich I. von Preußen hat dieses Wort als Wahlspruch geführt und seinen Münzen aufprägen lassen.

TABULA RASA

Wörtlich: abgewischte Schreibtafel. Im übertragenen Sinne: unbeschriebenes Blatt. Die Römer verwendeten zum Schreiben wächserne Schreibtafeln, deren Inschriften man je nach Bedarf durch Abschaben bzw. Abwischen wieder löschen konnte. Tabula rasa machen bedeutet auch: reinen Tisch machen, Ordnung schaffen, eine Sache von Grund auf erledigen.

TANTUM ERGO SACRAMENTUM

Ein so großes Sakrament ... Beginn der fünften Strophe des von Thomas von Aquin verfaßten Hymnus auf die Eucharistie »Pange lingua«; zum sakramentalen Segen sind in der katholischen Kirche jeweils nur die fünfte und sechste Strophe gebräuchlich. Dazu gibt es auch viele Vertonungen.

TANTUM RELIGIO POTUIT SUADERE MALORUM

So viel Übles hat die Religion anzuraten vermocht. Ein Ausspruch aus dem Werke »Über die Natur« von Lukrez (98 bis 55 v. Chr.).

TE DEUM (LAUDAMUS)

Dich, Gott, loben wir . . . Beginn des sog. Ambrosianischen Lobgesanges, dem hl. Ambrosius zugeschrieben, der 347 durch das Volk zum Bischof von Mailand gewählt wurde. Tatsache ist, daß durch das Wirken des Ambrosius Lehre und Kultur in der abendländischen Kirche sowie der Kirchengesang stark gefördert wurden.

TEMPORA MUTANTUR (NOS ET MUTAMUR IN ILLIS)

Die Zeiten ändern sich (und wir ändern uns mit

ihnen). Eine in Form eines griechischen Hexameters ausgesprochene Sentenz, die Kaiser Lothar I. (795 bis 855) zugeschrieben wird.

TEMPORA SI FUERINT NUBILA SOLUS ERIS

In Zeiten, wenn Wolken am Himmel sind, wirst du allein sein. Kurz: Im Unglück stehst du allein. Ein Zitat aus den »Tristien« des römischen Dichters Ovid (43 v. bis 18. n. Chr.).

TEMPUS CLAUSUM (oder: FERIATUM)

Wörtlich: geschlossene Zeit. Als solche werden zum Beispiel der Advent und die Fastenzeit von der katholischen Kirche bezeichnet; in diesen Zeiten sind Hochzeiten oder öffentliche Lustbarkeiten wie Bälle und dergleichen nicht gestattet.

TEMPUS FUGIT

Die Zeit entflieht; die Zeit läuft davon.

TENOR

Der Faden; das Hervorstechende an einer Sache. »Tenor« in dieser Bedeutung wird auf der ersten Silbe betont.

TERMINUS, AD QUEM

Zeitpunkt, bis zu dem . . .; Endtermin.

TERMINUS, ANTE QUEM

Zeitpunkt, vor dem . . .

TERMINUS, A QUO

Zeitpunkt, von dem ab . . .; Anfangstermin.

TERMINUS, POST QUEM

Zeitpunkt, nach dem . . .

TERMINUS TECHNICUS

Fachausdruck; genau bezeichnender Ausdruck.

TERRA FIRMA

Festes Land, im Sinne von »Festland«. In der engeren Bedeutung ist auch die Landenge von Panama damit gemeint.

TERRA INCOGNITA
Unbekanntes Land (Gebiet).
TERRA SIGILLATA
Reliefgeschmücktes Tongeschirr aus der römischen Antike.
TERTIUM COMPARATIONIS
Wörtlich: das Dritte der Vergleichung; dasjenige, was bei einem Vergleich zweier Dinge den Vergleich zuläßt; Vergleichspunkt – das, worin zwei verglichene Dinge übereinstimmen.
TERTIUM NON DATUR
Ein Drittes gibt es nicht. Im Sinne der allgemeingültigen Anschauung, wonach man immer nur zwischen zwei Möglichkeiten wählen kann.
TERTIUS GAUDENS
Der Dritte, der sich freut (wenn sich zwei streiten).
THEATRUM MUNDI
Welttheater. Darstellungen von Landschaften, Städten usw. mit beweglichen Figuren.
TIMEO DANAOS ET DONA FERENTES
Ich fürchte die Danaer, und sollten sie (auch wenn sie) Geschenke bringen; nach Vergils »Aeneis«, II, 49. Dieses Wort läßt sich mit anderem Subjekt beliebig abwandeln. Die Redensart »Danaergeschenk« hat hier ihren Ursprung.
TOTUS MUNDUS AGIT HISTRIONEM
Die ganze Welt macht den Schauspieler, d. h. ist ein Theater. Dieser Sinnspruch in bezug auf die Kunst fand sich unterhalb des die Weltkugel tragenden Herkules am berühmten Globe Theatre in London; der Monolog des Jacques in Shakespeares »Wie es euch gefällt« (II, 7) führt den Gedanken näher aus: Die ganze Welt ist Bühne. Und alle Frauen und Männer bloße Spieler. Die treten auf und gehen

wieder ab, sein Leben lang spielt einer manche Rollen ...

TRES FACIUNT COLLEGIUM

Drei machen eine Gesellschaft (aus). Rechtsspruch aus den Digesten des Corpus iuris civilis. Das Wort entstand nach Proscus (etwa 100 n. Chr.) und meint, daß für die Bildung eines Vereins oder einer Gesellschaft mindestens drei Personen erforderlich sind. Man denke auch an das Studentenlied von Elias Salmon »Es hatten drei Gesellen ein fein' Collegium ...«.

TREUGA DEI

Gottesfriede. Gemeint ist das uralte Verbot von Fehden in der Zeit von Donnerstag – später schon Mittwoch abend – bis Montag früh. Diese Einführung stammt aus Südfrankreich im 11. Jahrhundert und wurde später durch Kirchenkonzile ausdrücklich angeordnet und auf andere Festzeiten des Kirchenjahres ausgedehnt. Im mittellateinischen Wort »treuga«, Landfriede, steckt die deutsche Wurzel »treu«.

TUA RES AGITUR

Wörtlich: deine Sache wird abgehandelt. Bedeutet: es geht um deine Angelegenheit (und um nichts anderes); es liegt in deinem Interesse. Verkürzte Form eines Ausspruchs des römischen Dichters Horaz (65 bis 8 v. Chr.).

TU FELIX AUSTRIA NUBE!

Siehe bei: Bella gerant alii ...

TUNICA PROPRIOR PALLIO

Das Hemd (ist mir) näher als der Rock. Die Sentenz entstammt einer Verszeile des römischen Komödiendichters Plautus (um 254 bis 184 v. Chr.).

TU QUOQUE

Auch du? Bei seiner Ermordung soll Cäsar angesichts des ihn niederstoßenden Freundes Brutus ausgerufen haben: Auch du, mein Brutus? Mit dieser Frage soll die Enttäuschung über die hinterhältige Handlungsweise eines vermeintlichen Freundes ausgedrückt werden.

TUSCULUM

Erholsamer Ferienaufenthalt oder Landsitz, meist abgeschieden gelegen. Die altrömische Siedlung Tusculum ist das heutige Frascati, eine der frühesten Villenstädte des antiken Rom, wohin sich die Vornehmen zur Erholung zurückzogen. Auch Cicero hatte hier eine Villa, in der er seine »Tusculanae disputationes« lokalisiert.

UBI BENE IBI PATRIA

Wo (es mir) gut (geht), dort (ist mein) Vaterland. Eine Sentenz nach dem römischen Staatsmann Cicero (106 bis 43 v. Chr.); der Gedanke findet sich aber schon bei dem griechischen Komödiendichter Aristophanes (um 400 v. Chr.). Eine Art Lebensregel für Opportunisten, nach Cicero aber ein Trost für Verbannte.

UBI SUNT TEMPORA

»Wo sind die Zeiten« - gewiß keine originär lateinische Sentenz, sondern die einfache Übersetzung des wohl auch im Deutschen geläufigen Ausrufs.

ULTIMA RATIO

Wörtlich: die letzte Vernunft, auch: das letzte Mittel, der letzte Ausweg, der äußerste Beweggrund. Angeblich hat Kardinal Richelieu, der unumschränkt gebietende französische Staatsmann, alle Kanonen, die während seiner Amtsführung (1624 bis 1642) hergestellt wurden, mit dieser Inschrift versehen lassen. Auch Friedrich II. von Preußen benützte die Inschrift für die preußischen Kanonen.

ULTIMA THULE

Die äußerste Thule. Gemeint ist: Insel im fernen Norden. Im übertragenen Sinn: ein weit entferntes Land am Ende der Welt. Ein Ausdruck, der aus des römischen Dichters Vergil (70 bis 19 v. Chr.) »Georgica« stammt.

ULTRA POSSE NEMO OBLIGATUR

Niemand ist verpflichtet, ihm Unmögliches zu leisten. Ein Grundsatz römischen Rechtsdenkens.

UNUS PRO MULTIS

Einer für viele. Gemeint ist auch: einer für alle, und zwar im Sinne einer persönlichen Einsatzes für andere Menschen. Die Wendung entstammt dem Epos »Äneis« des römischen Dichters Vergil (70 bis 19 v. Chr.).

URBI ET ORBI

Wörtlich: der Stadt (Rom) und dem Erdkreis (den Segen erteilen). Auch: aller Welt etwas verkünden. Aus dem Wortlaut des Ritus nach der Papstwahl, wenn der erste Kardinaldiakon zum neugewählten Papst die Worte spricht: »Ich bekleide dich mit der römischen Papstwürde, auf daß du vorstehest der Stadt und dem Erdkreis.«

USQUE AD FINEM

Wörtlich: bis zum Ende; bis zuletzt. Auch im Sinne von: bis zum bitteren Ende.

USUS TYRANNUS

Wörtlich: der Brauch (die Gewohnheit) ist ein Tyrann. Man spricht auch von einer »Macht der Gewohnheit«, die eben zum Zwang entarten kann.

UT ALIQUID FIAT

Damit etwas geschieht.

UTILE DULCI

Das Nützliche mit dem Angenehmen (verbinden). Redewendung nach der »Ars poetica« des römischen Dichters Horaz (65 bis 8 v. Chr.).

UT INFRA

Wie unten (bemerkt, angemerkt). Hinweisformel in Druckwerken, meist wissenschaftlichen.

UT IN OMNIBUS GLORIFICETUR DEUS

Wörtlich: daß in allem Gott verherrlicht werde. Die Formel meint, daß in erster Linie Gott Ehre und Lob gebührt.

UT SUPRA

Wie oben (erwähnt, gesagt, geschrieben).

UT UNUM SINT

Wörtlich: Daß sie (alle) eins seien. Die Wendung entstammt dem Evangelium des Johannes (17, 11 sowie 21–23) und meint die Einhelligkeit und Liebe unter den Glaubensbrüdern. Heute oftmals im Sinne der ökumenischen Bewegung gebraucht.

UXORI OPTIMAE

Wörtlich: der besten Frau (zugeeignet), Widmungsausdruck, der sich beispielsweise am Grabmal der Erzherzogin Marie Christine in der Wiener Augustinerkirche (1803 gestaltet von Antonio Canova im Auftrag des Herzogs Albert von Sachsen-Teschen) findet. Auch als Dedikationsformel in Büchern etc. gebräuchlich.

VACAT
Es fehlt; es ist leer; es ist nichts vorhanden. »Vacatseite« bedeutet eine leere Seite in einem Druckbogen.
VADE MECUM
Geh mit mir; wandere mit mir. Als Fachausdruck wird mit »Vademecum« die Orientierungsmöglichkeit aus einem Buch bezeichnet, also: Nachschlagewerk, Leitfaden, Handbuch, Taschenbuch.
VAE VICTIS!
Wehe den Besiegten! Angeblich ein Wort des gallischen Eroberers von Rom, Brennus (390 v. Chr.), das bei Livius und Plautus zitiert wird.
VALE! VALETE!
Lebe wohl! Lebt wohl! Abschlußformel in römischen Briefen.
VANITAS VANITATUM
Wörtlich: Eitelkeit der Eitelkeiten. Die Wendung meint soviel wie: alles ist eitel. Sie entstammt den Anfangsworten des »Predigers Salomo« im Alten Testament.
VARE, REDDE MIHI LEGIONES MEAS
Varus, gib mir meine Legionen wieder. Nach dem römischen Schriftsteller Sueton (um 120 n. Chr.). Ausruf des Kaisers Augustus nach der von dem römischen Feldherrn Varus im Teutoburger Wald (9 n. Chr.) verlorenen Schlacht gegen die Germanen.
VARIA
Verschiedenes, vermischte Sachen, allerlei (Dinge).
VARIATIO DELECTAT
Abwechslung erfreut (ist angenehm).
VENIA LEGENDI
Wörtlich: Erlaubnis zu lesen. Man versteht darunter die Erlaubnis, an Hochschulen Vorlesungen zu halten.

VENI, CREATOR SPIRITUS

Wörtlich: Komm, Schöpfergeist. Alter Pfingsthymnus, der schon vor der Zeit Karls des Großen entstanden ist.

VENI, SANCTE SPIRITUS

Komm, Heiliger Geist. Anfangsworte eines katholischen Kirchengesangs, der König Robert dem Frommen von Frankreich (gestorben 1031) zugeschrieben wird.

VENI, VIDI, VICI

Ich kam, sah (und) siegte. Diese Worte schrieb Cäsar nach seinem Sieg über Pharnaces II. 47 v. Chr. seinem Freunde Amintius nach Rom. Man umschreibt damit auch einen schnell errungenen Sieg.

VERBA DOCENT, EXEMPLA TRAHUNT

Worte belehren, Beispiel reißen mit.

VERSUS MEMORIALES

Merkverse. Verse, die das Festhalten (grammatischer Regeln) im Gedächtnis erleichtern.

VIA SACRA

Die heilige Straße. Name der Triumphstraße, die im antiken Rom über das Forum zum Jupitertempel auf dem Kapitol führte.

VICE VERSA

Umgekehrt; wechselweise.

VIDEANT CONSULES

Wörtlich: Die Konsuln mögen dazu sehen (sich darum kümmern, dafür sorgen). In Notzeiten forderte der römische Senat die beiden Konsuln jeweils auf, dafür zu sorgen, daß das Gemeinwesen, der Staat nicht Schaden leide.

VIRIBUS UNITIS

Mit vereinten Kräften. Wahlspruch des österreichischen Kaisers Franz Joseph I. (1848 bis 1916).

VIS COMICA
Kraft der Komik.
VIS MAIOR
Höhere Gewalt.
VIS INERTIAE
Wörtlich: Kraft der Trägheit; Beharrungsvermögen.
VITA BREVIS, ARS LONGA
Das Leben (ist) kurz, die Kunst lang. Mit diesem Ausspruch beginnen die »Aphorismen« des griechischen Arztes Hippokrates (um 400 v. Chr.). Siehe auch bei: Ars longa . . .
VIVANT SEQUENTES
Wörtlich: die Nachfolgenden mögen leben. Der Ausdruck bedeutet ein Hoch auf diejenigen, die einem Beispiel folgen.
VIVAT
Es lebe! Er lebe (hoch)!
VIVAT, CRESCAT, FLOREAT!
Er lebe, wachse und gedeihe!
VIVERE MILITARE EST
Wörtlich: Leben ist (heißt) kämpfen. Eine Sentenz, die von dem jüngeren Seneca (um 1 bis 65 n. Chr.) stammt.
VIVOS VOCO, MORTUOS PLANGO, FULGURA FRANGO
Die Lebenden rufe ich, die Toten beweine ich, die Blitze breche ich. Häufig als Inschrift auf Glocken verwendet. Auch Motto zu Schillers »Lied von der Glocke«.
VOLENTI NON FIT INIURIA
Dem Willigen (= dem, der es so haben will), geschieht kein Unrecht. Grundsatz römischen Rechtsdenkens.
VOX POPULI VOX DEI
Des Volkes Stimme (ist) Gottes Stimme. Römisches

Sprichwort, überliefert durch den angelsächsischen Humanisten Alkuin (735 bis 804), und zwar in tadelndem Sinne.

VOX HUMANA

Die menschliche Stimme.

V. V.

Siehe bei: Vice versa.